# Giovanna CASOTTO

# Oh ! Giovanna !

Du même auteur, dans la même collection :

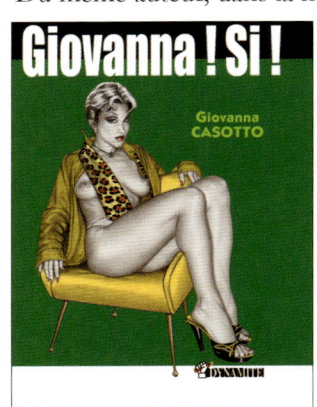 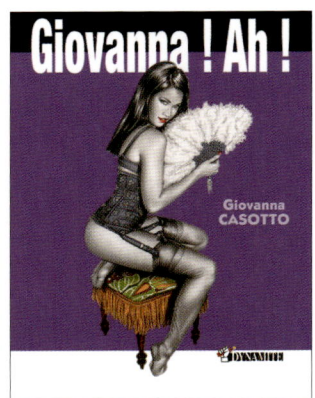 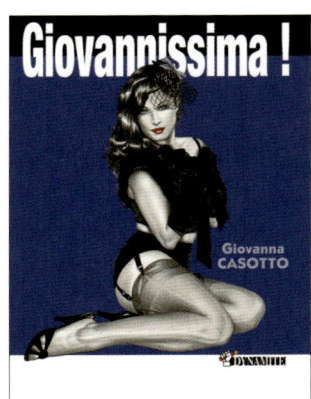 

### Coll. Canicule (cartonné) :

*Casa HowHard 1+2*
*Casa HowHard 3+4*
*Casa HowHard 5*
*Beba. Les 110 pipes*
*Beba 2. Red Domina*
Roberto Baldazzini

*Le Rêve de Cécile*
*Les Malheurs de Janice 1+2*
*Les Malheurs de Janice 3+4*
*Twenty 1+2 ; Twenty 3 ; Twenty 4*
*Prison très spéciale*
*Les Curiosités perverses de Sophie*
Erich von Götha

*Alraune*
Toni Greis & Robi

*Les Petites Vicieuses.*
*Tome 1, tome 2 et tome 3*
Mónica & Bea

*Exposition*
*L'Accordeur. Tome 1 et tome 2*
*La Diète*
Noé

*L'Enquêteuse*
Georges Pichard

*Ombre & lumière 1+2*
*Ombre & lumière 3+4*
*Ombre & lumière 5*
Quinn

*Sexy Symphonies*
Solano Lòpez

*Girl*
Kevin J. Taylor

### Coll. Petit Pétard (agrafé) :

*Surprise, surprise*
Axterdam

*Ma tante adorée*
L. Bagliani & A. Scalzo

*Insatiable*
*Jungle Fever*
Douglo

*Sabina. Tome 1 et tome 2*
*Sophisticated Ladies*
Paula Meadows

*Degenerate Housewives. #1, #2 et #3*
Rebecca

### Coll. Presbyte :

*Lou taxi de nuit*
Jacobsen

*Sex in Italy. Tome 1 et tome 2*
*Sévices compris*
Luca Tarlazzi

*Les Aventures d'une étudiante lesbienne*
Waldron & Finch

### Coll. Outrage (broché) :

*La Mauvaise élève*
*Vidéos privées*
*Tournage amateur*
*Chantages tome 1 et 2*
*Secrets de famille*
*Petite vicieuse*
*Vacances de rêve*
Ardem

*Ménagères en chaleur*
*Le Retour des ménagères*
*À poêle les ménagères !*
Armas

*Angie, infirmière de nuit*
Chris

*Ramba*
Delizia & Rossi

*Drekbook*
Anton Drek

*Madame*
Jack-Henry Hopper

*Horny Biker Slut*
John Howard

*Voyage en profondeurs*
*Chambre 121, l'intégrale*
Igor & Boccère

*L'Antre de la terreur*
Lopez / Barrero

*L'Institutrice*
*L'Esclave sexuelle*
*La Revanche*
*La Vicieuse*
Bruce Morgan

*Royal Gentlemen Club*
Nicky

*Mi-anges, mi-démons*
Olson

---

Un volume de la collection Canicule.
Traduction, maquette et lettrage : Bernard Joubert.

© 2008 all artwork © Giovanna Casotto
Original artwork can be purchased at www.casotto.com

© 2008 Dynamite pour l'édition française, 2014 pour la présente édition
122 rue du Chemin Vert, 75011 Paris
www.lamusardine.com

ISBN : 978-2-362341-17-5

Impression & reliure sepec - France
Numéro d'impression : 09041141015 - Dépôt légal : octobre 2014

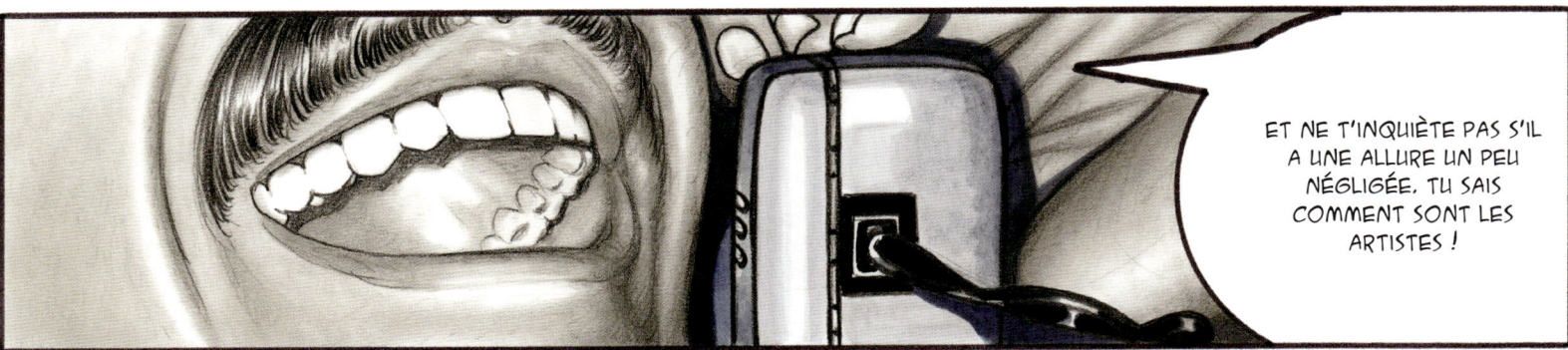

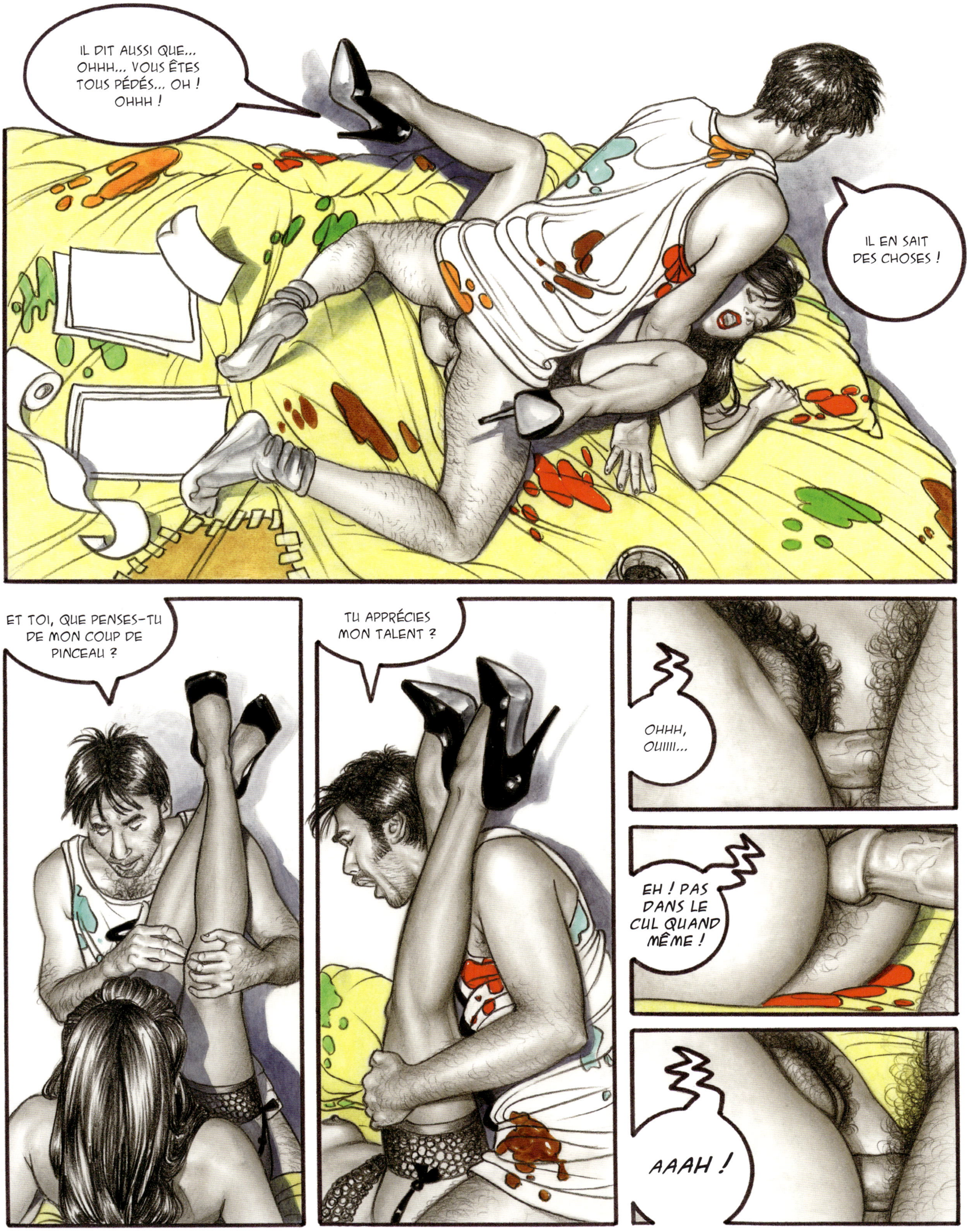

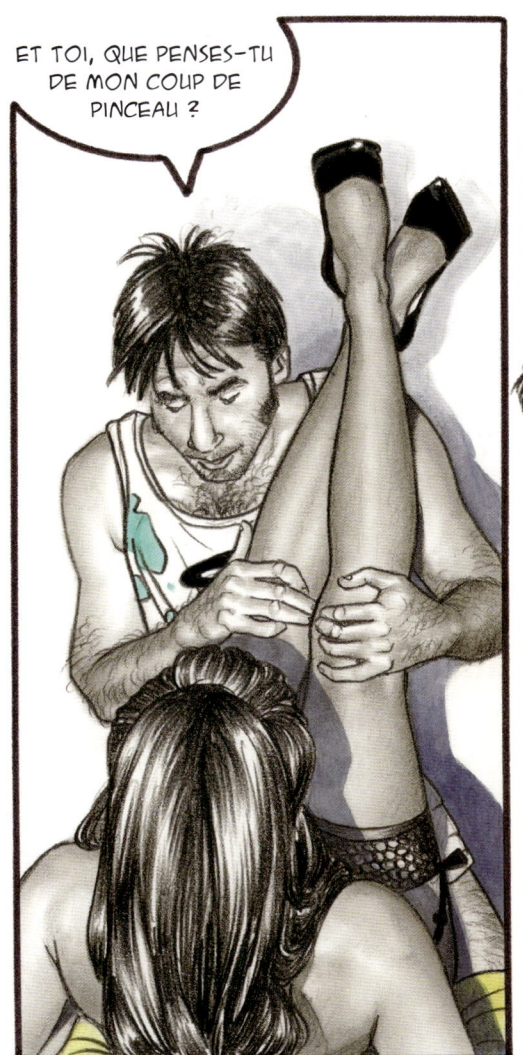

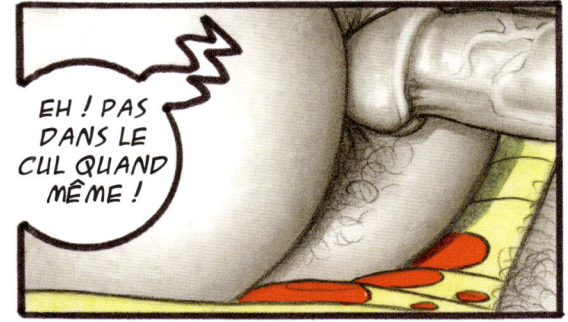

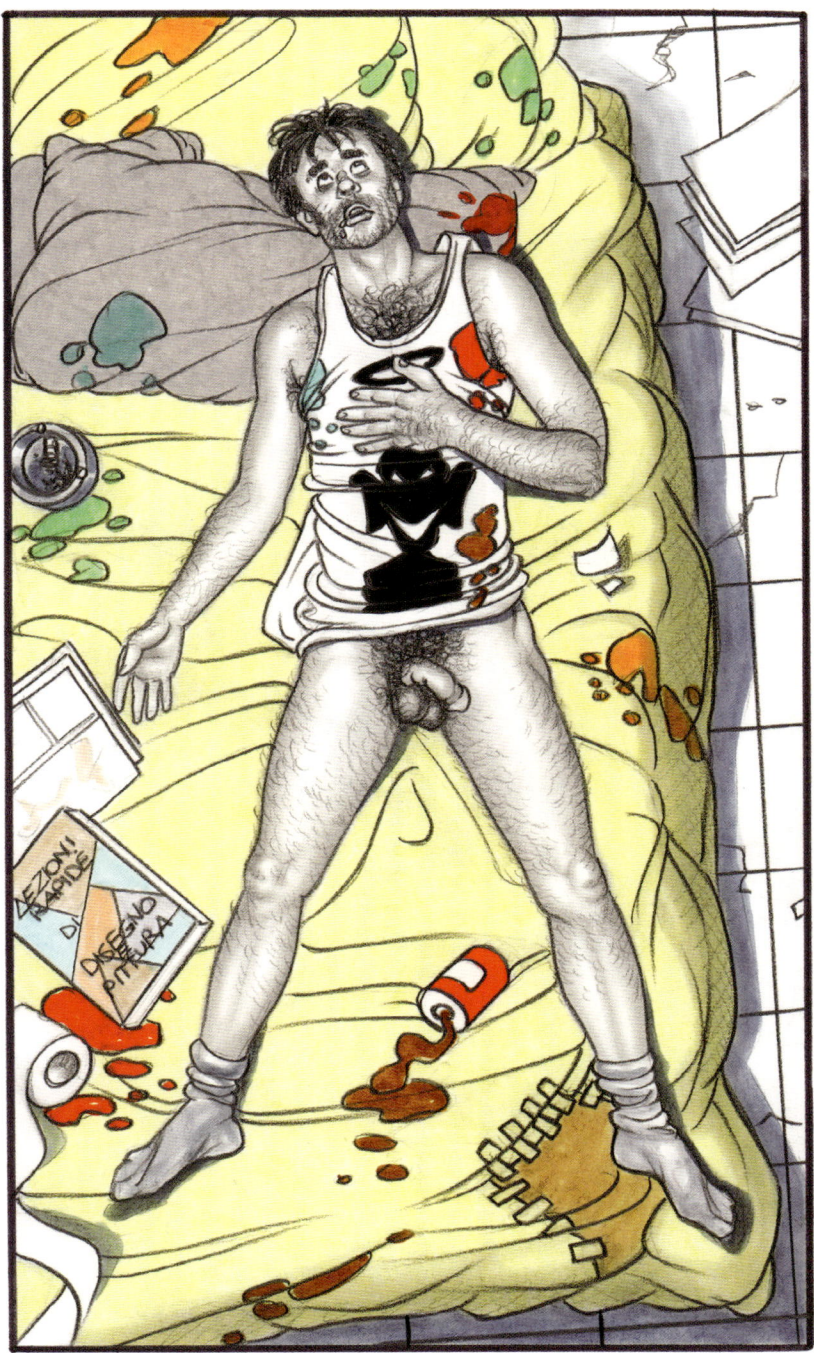

# Lucy et miss Darla

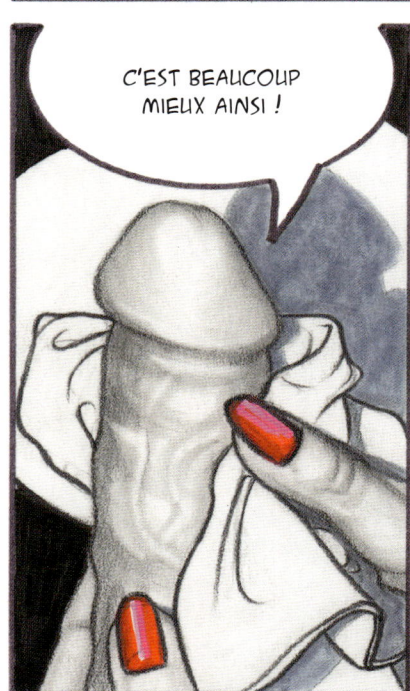

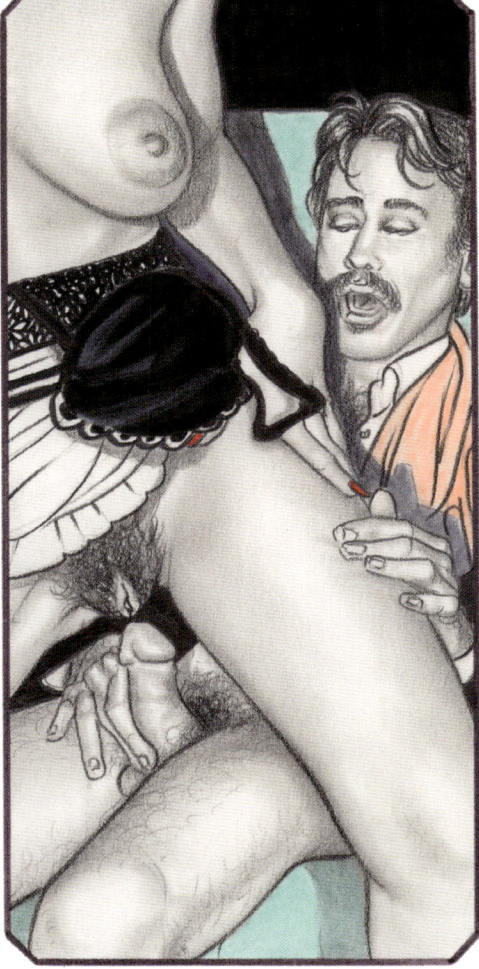

— MMHHH...

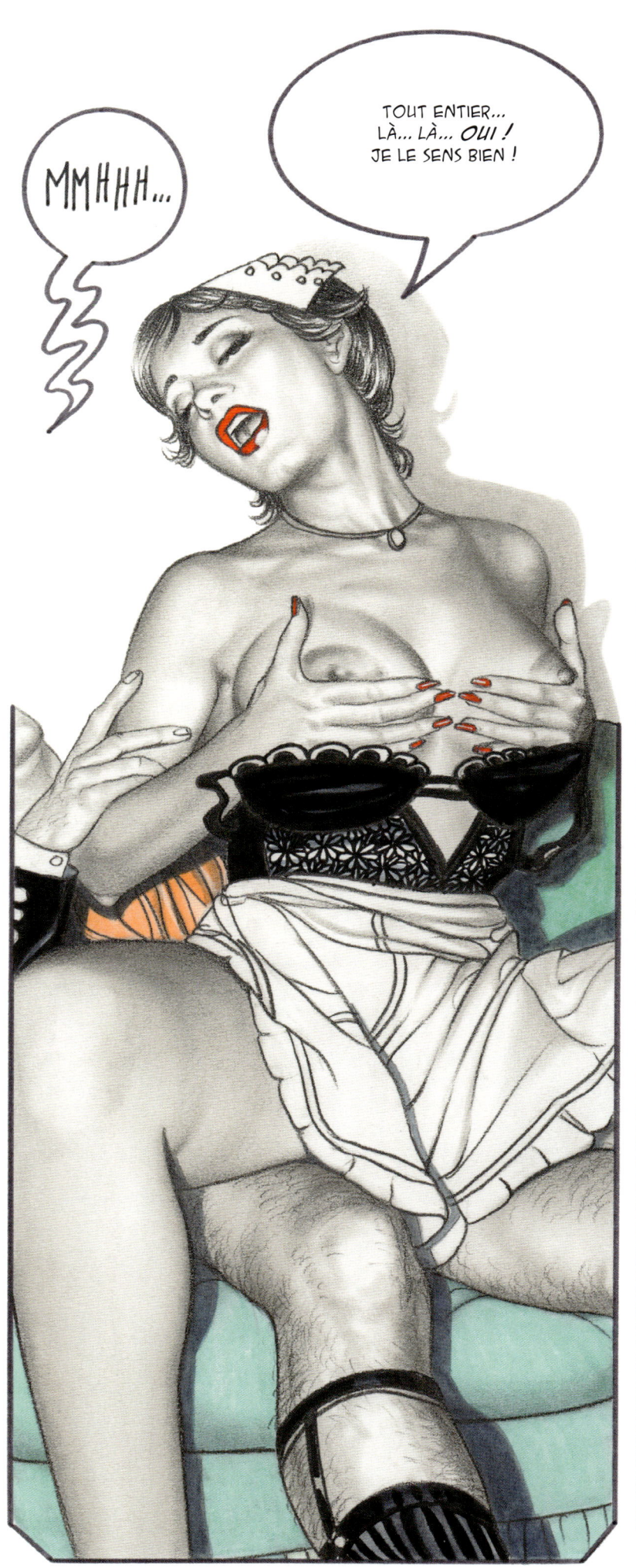

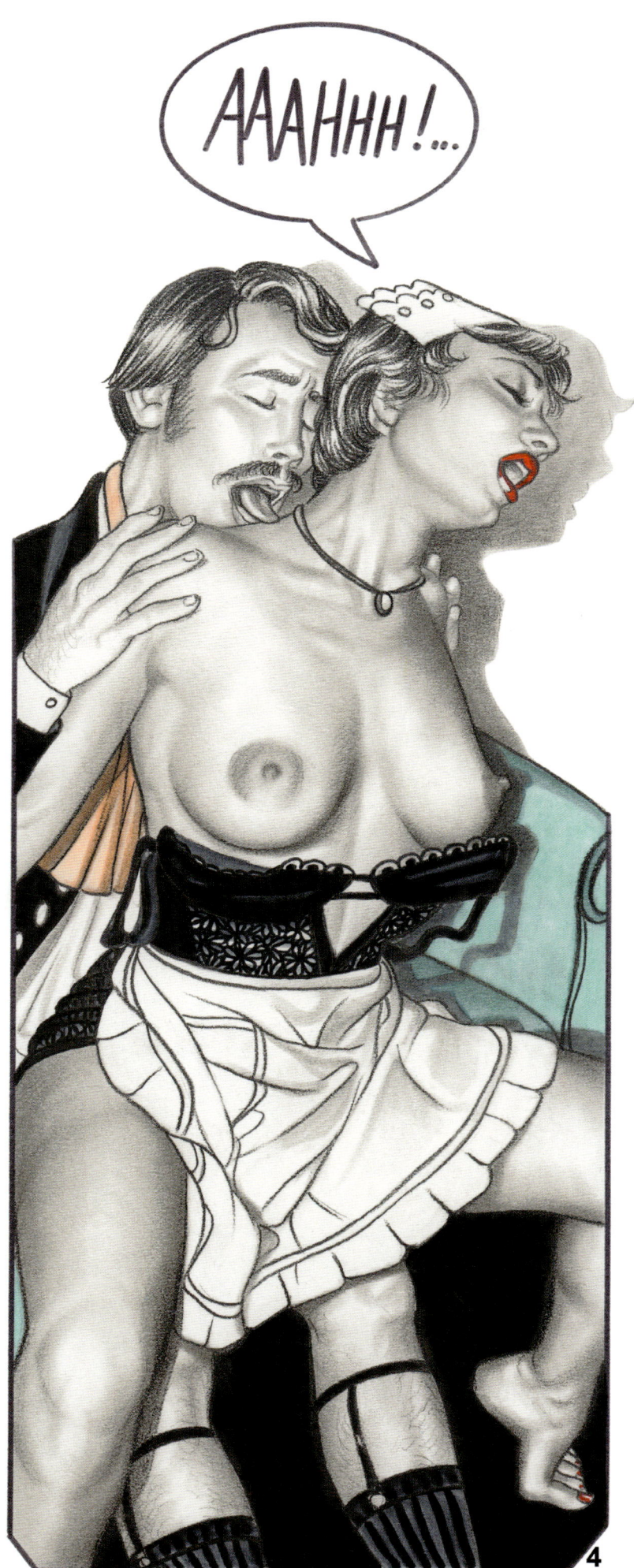

— TOUT ENTIER... LÀ... LÀ... OUI ! JE LE SENS BIEN !

— AAAHHH !...

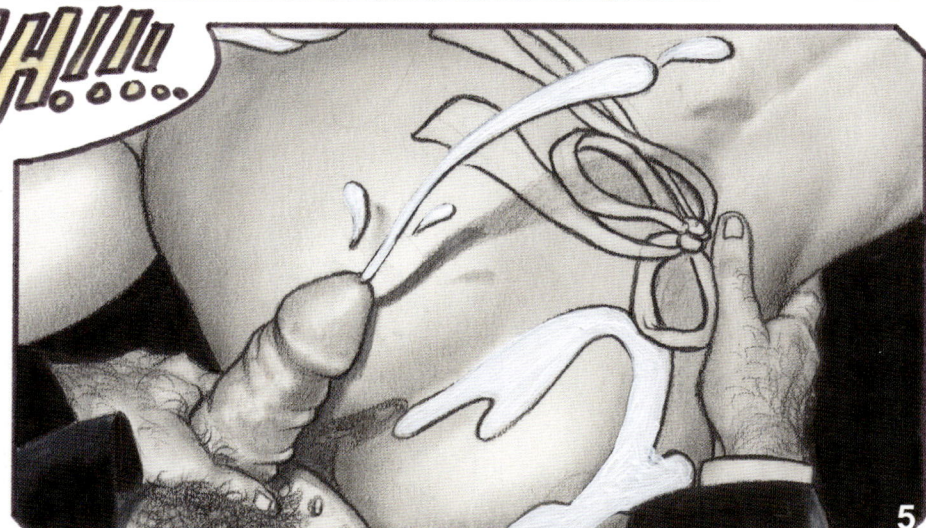

# Rôles

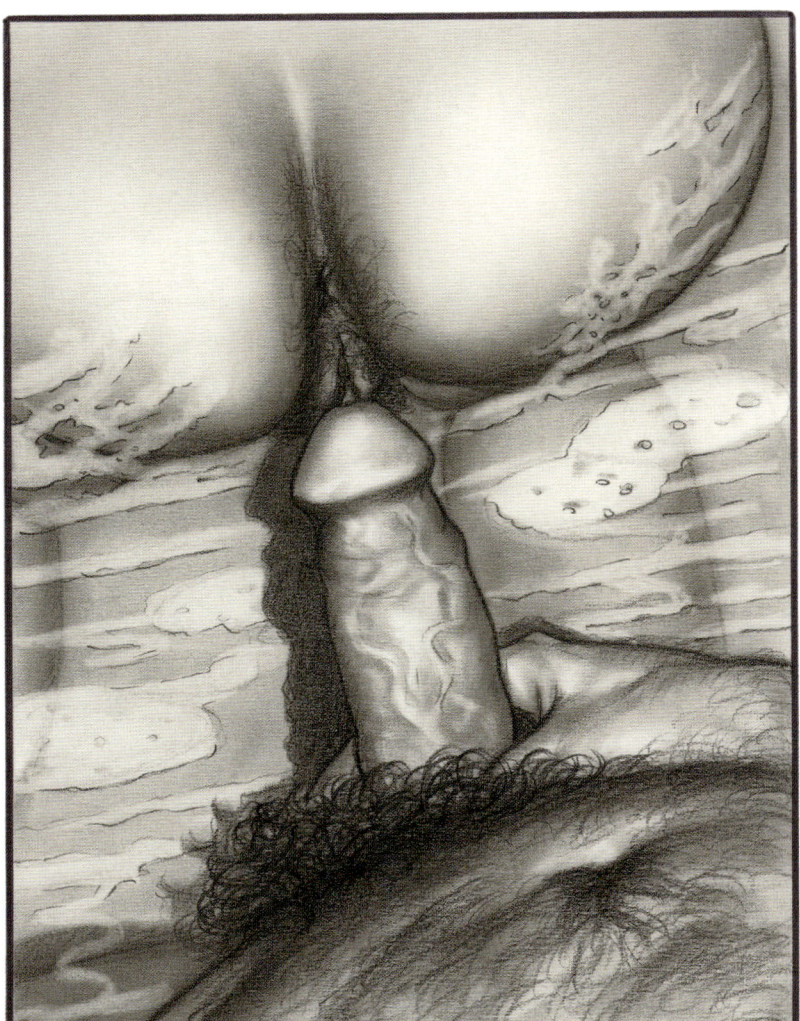

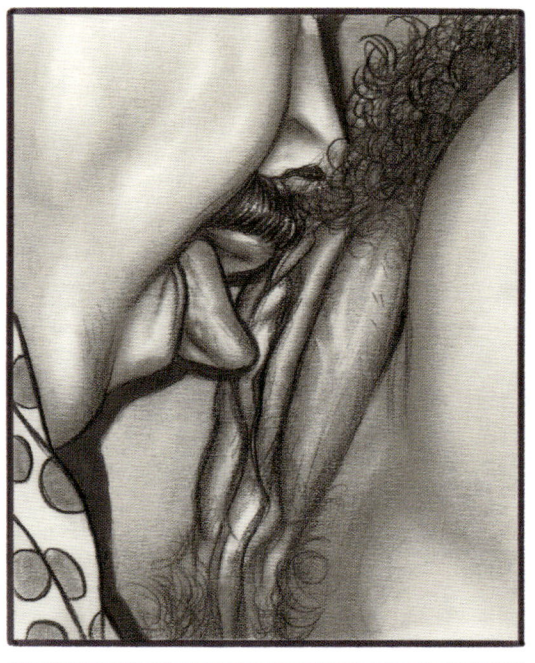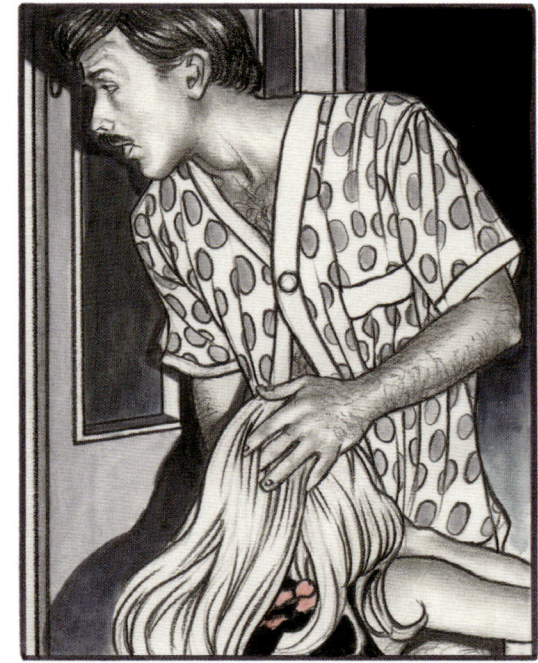

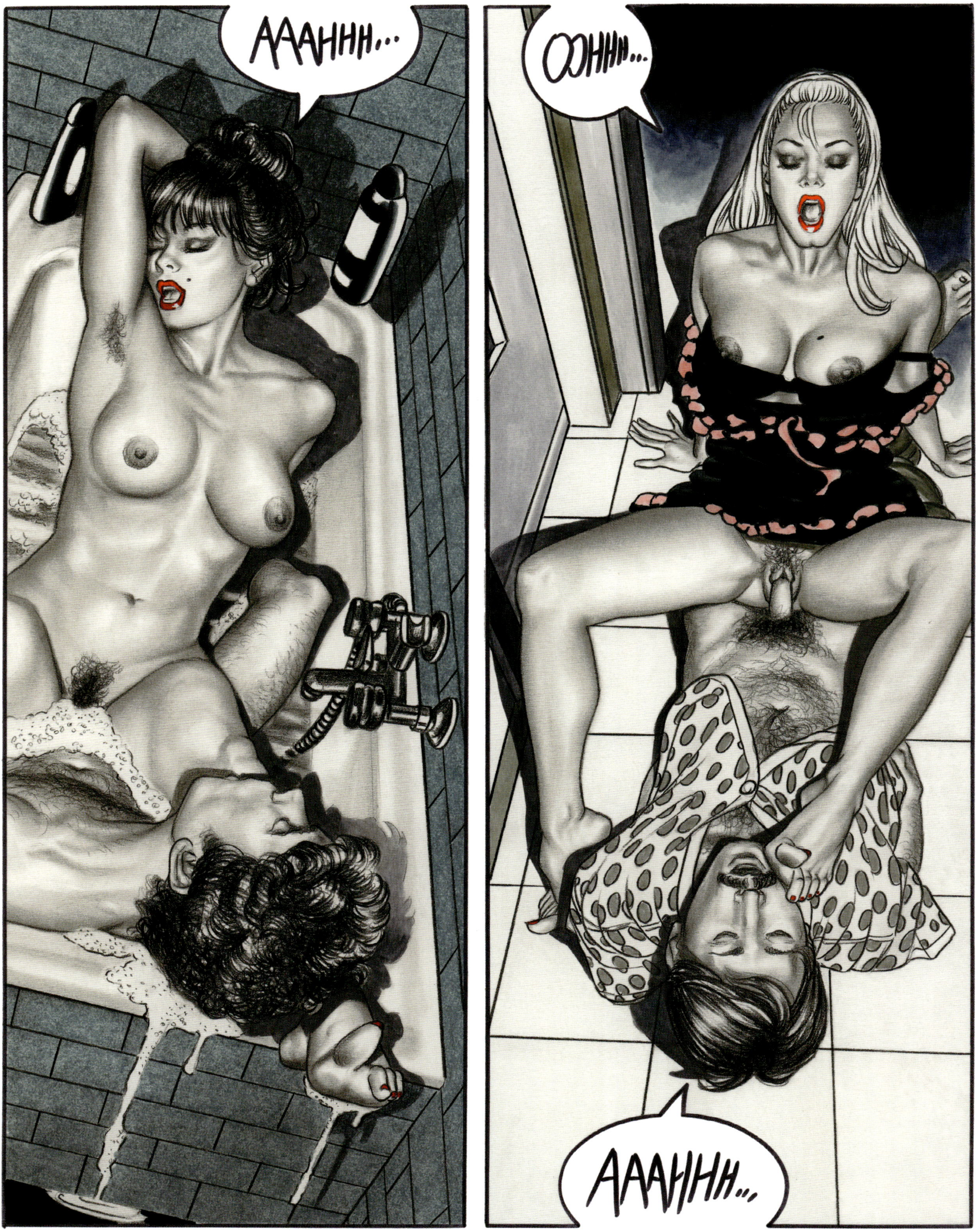
AAAHHH...
OOHHH...
AAAHHH...

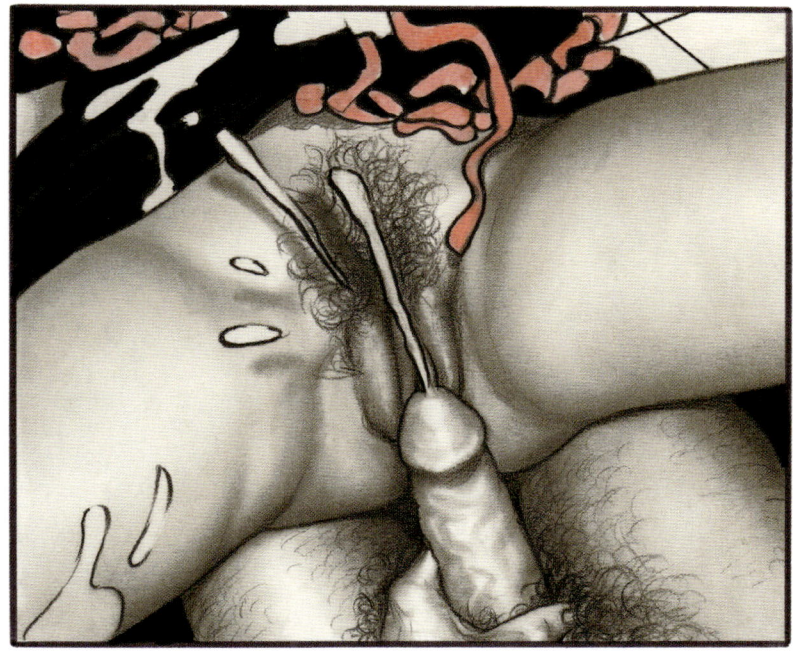

Scénario : Mr. Grady

# Surprise !

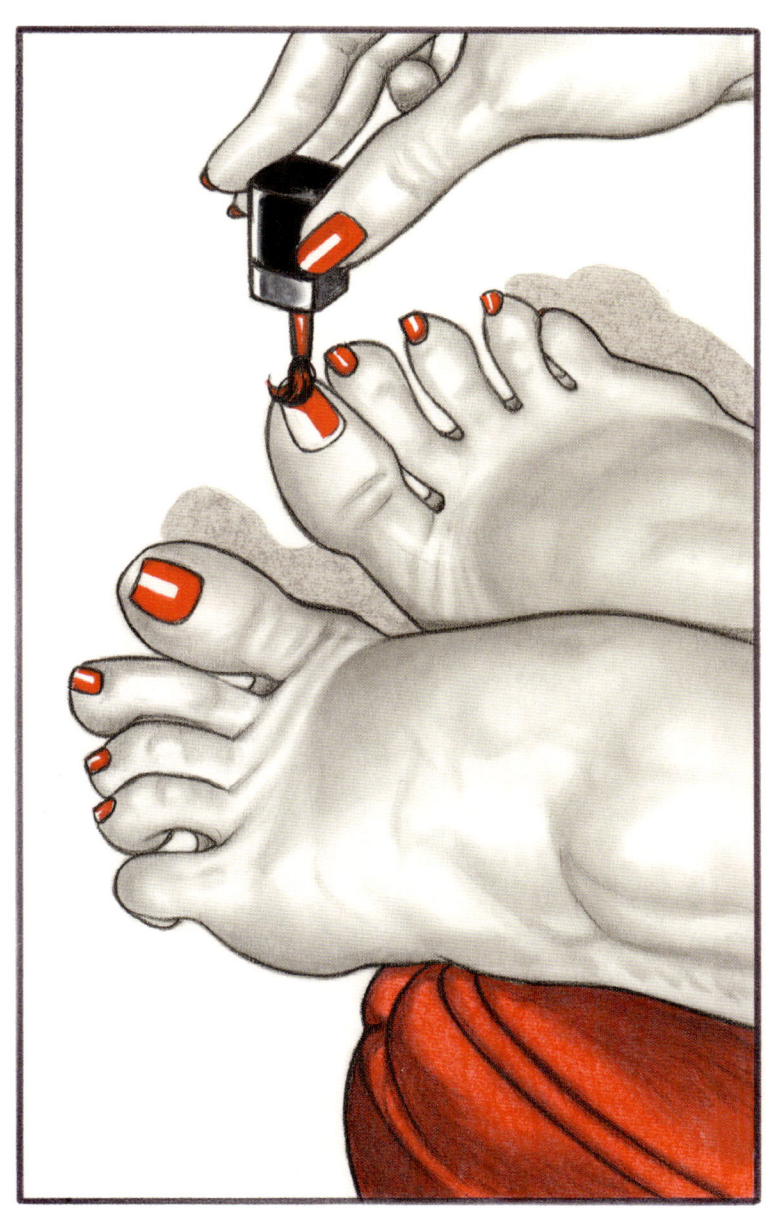

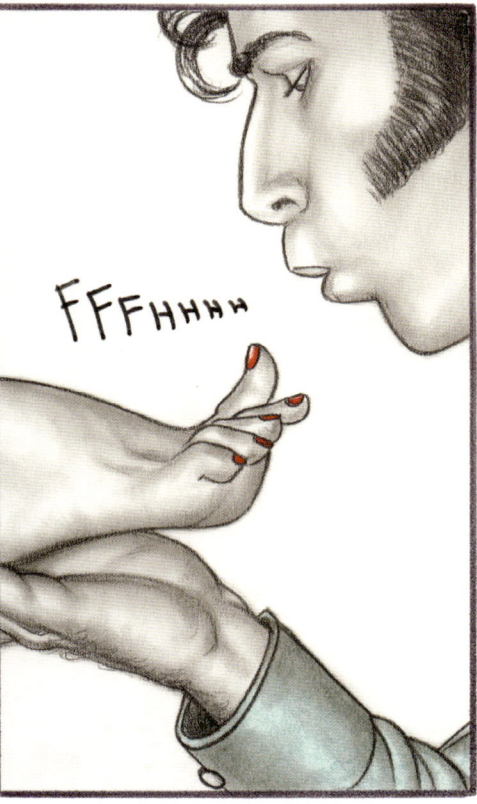

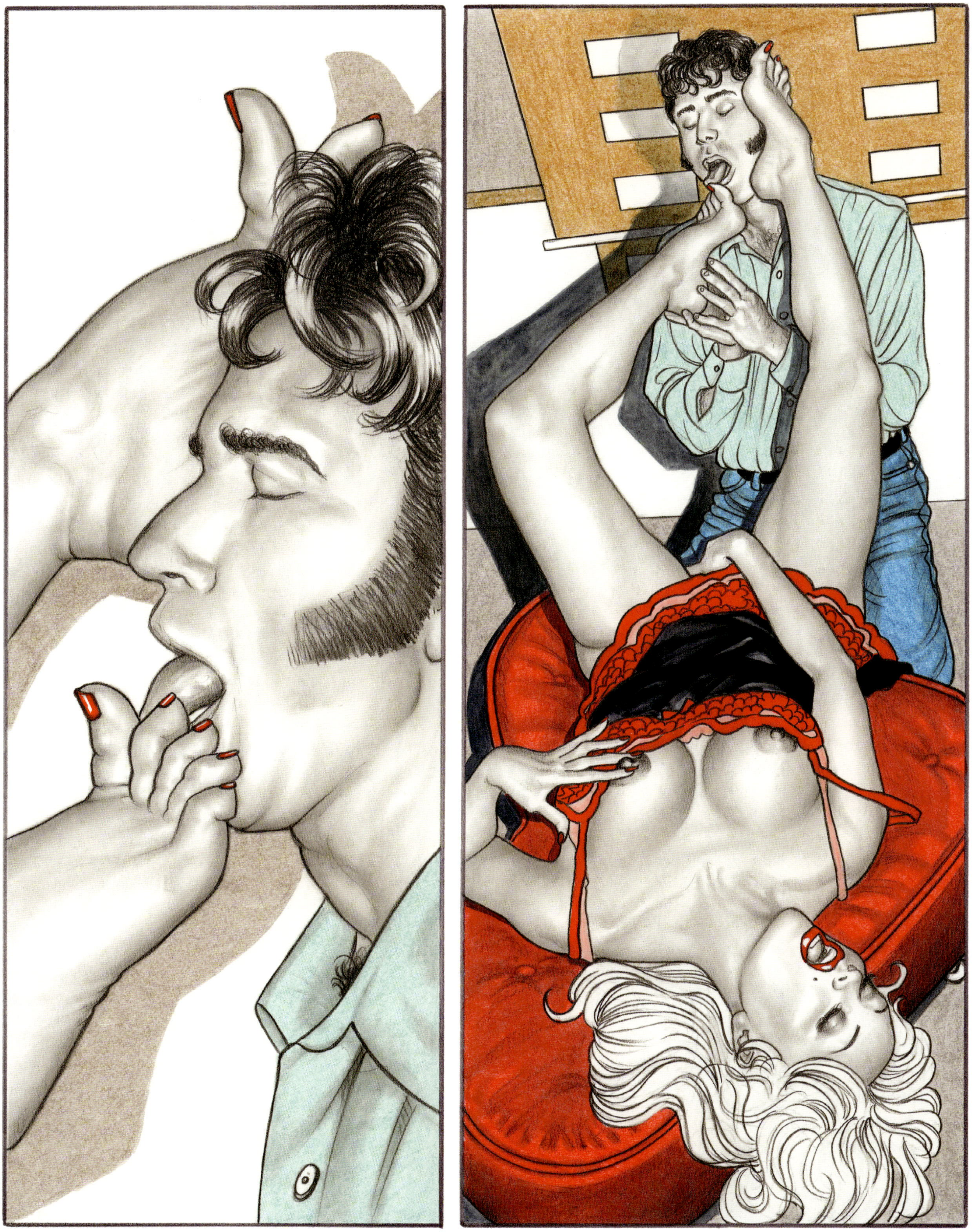

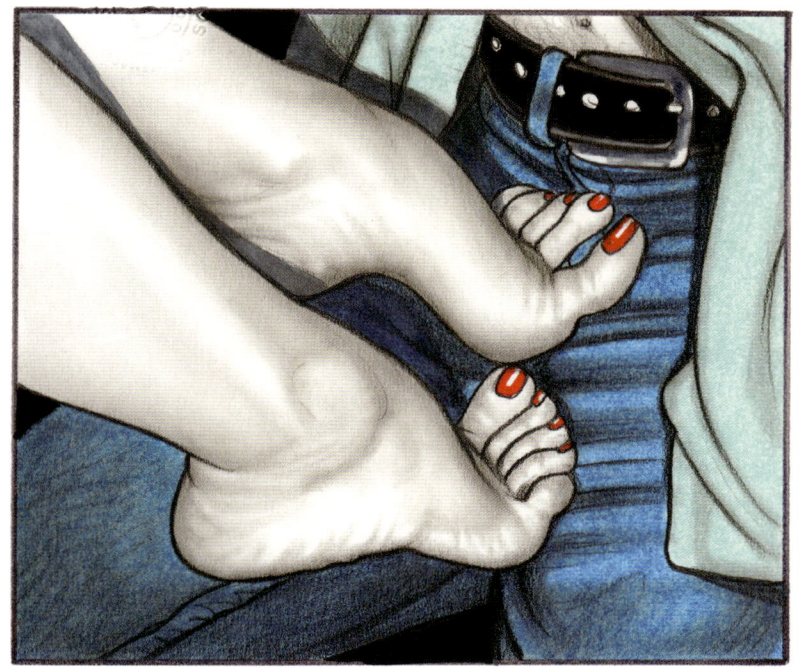
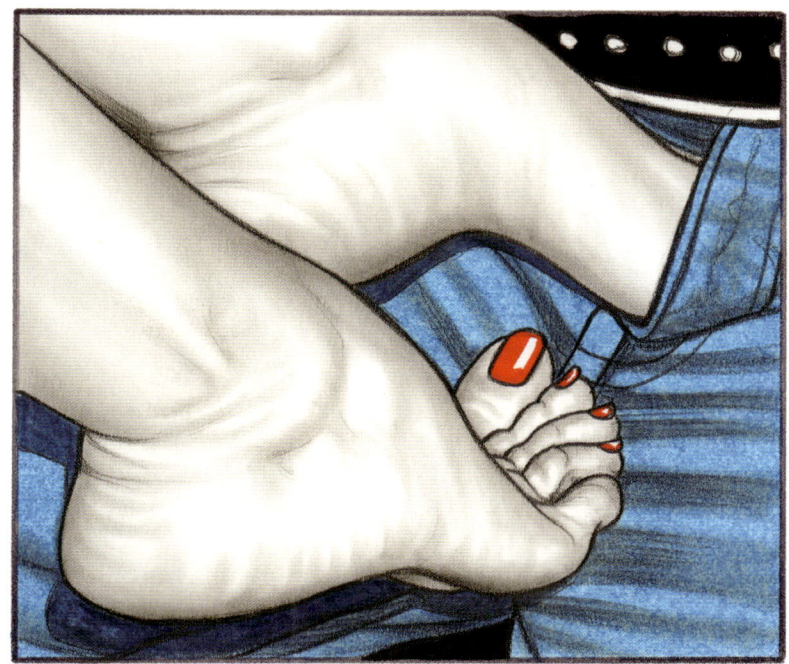
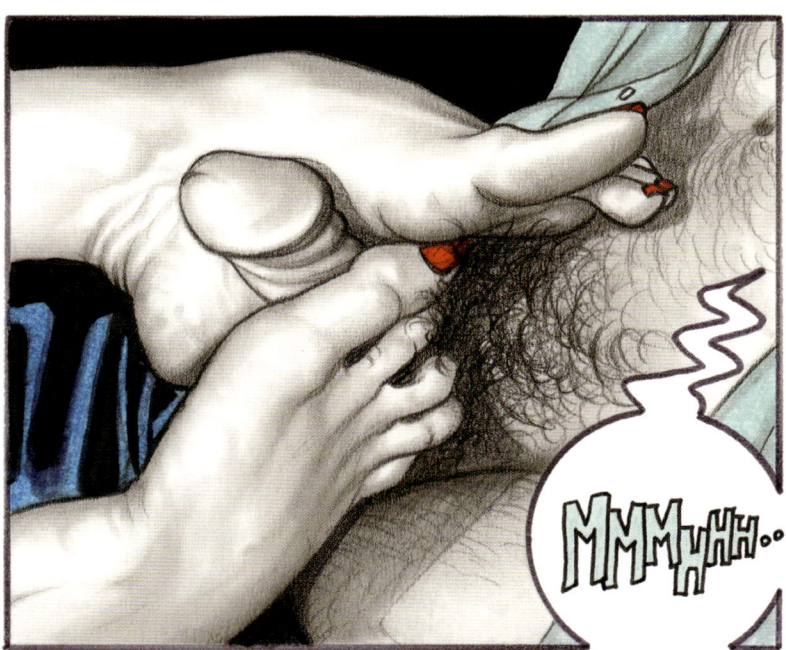
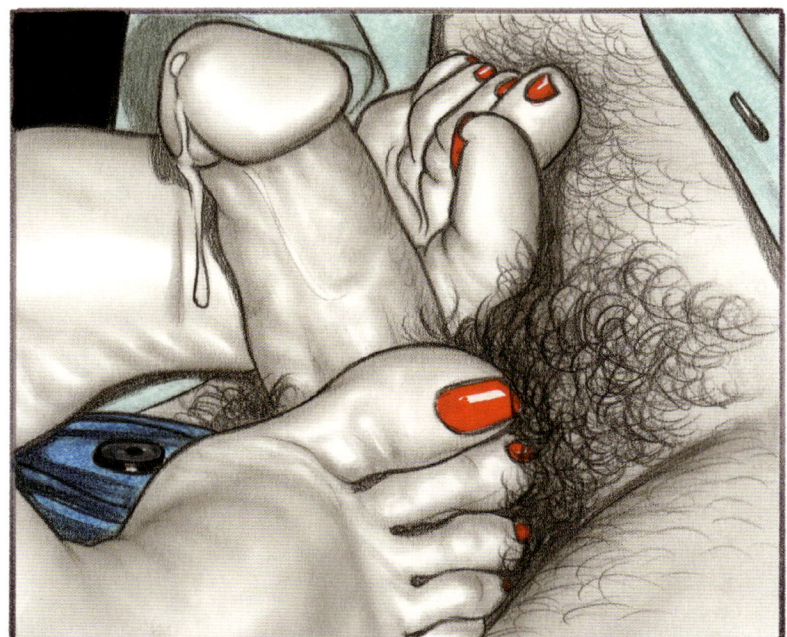

# Jealous guy

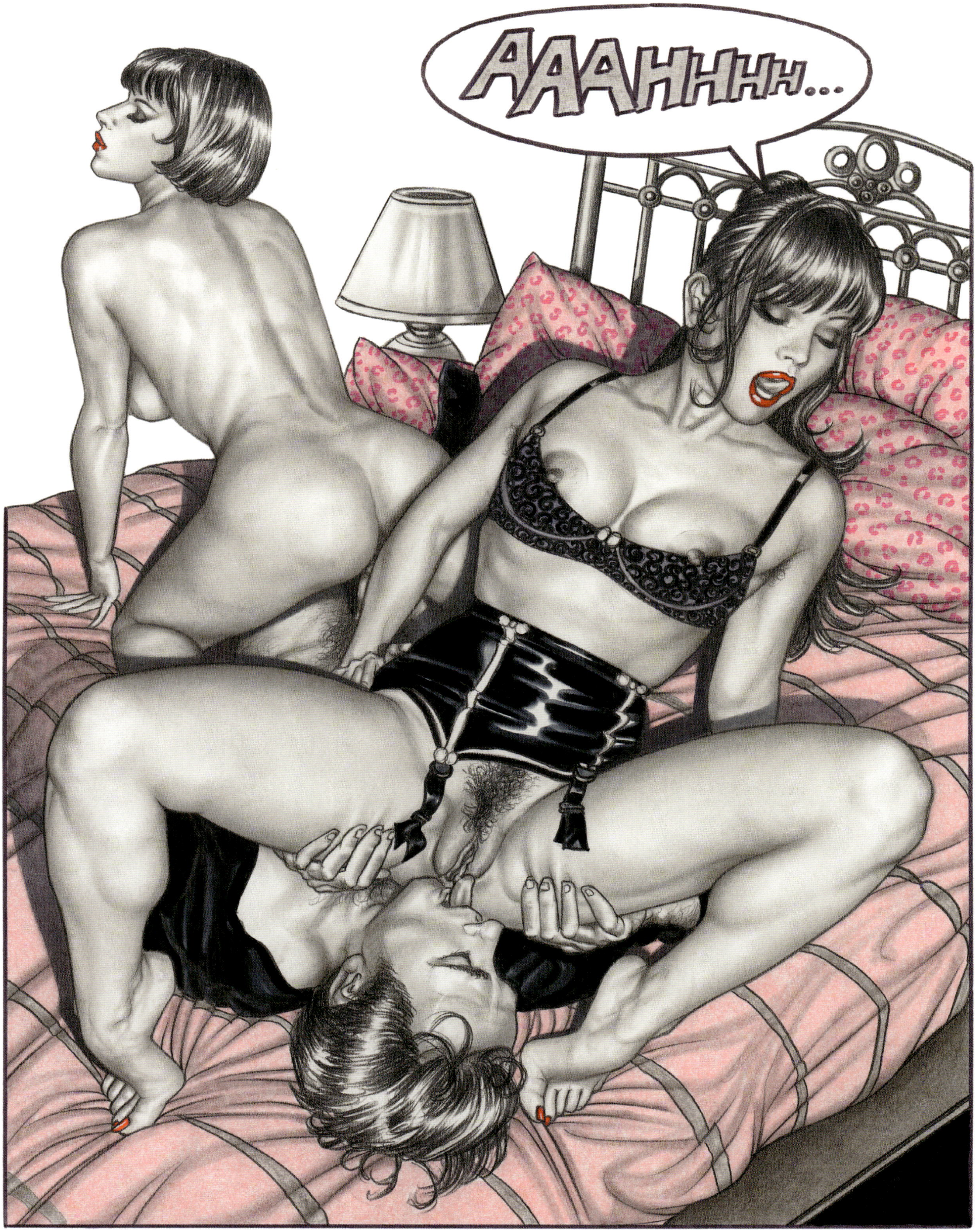
AAAHHHH...

AAAHHH!

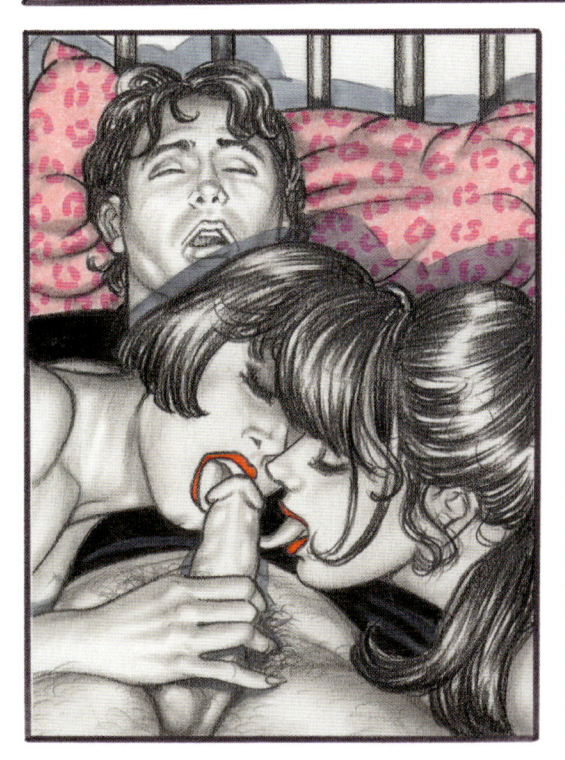

IL N'Y A PAS DE RAISON D'ÊTRE JALOUX. TU EN ES CONVAINCU À PRÉSENT ?

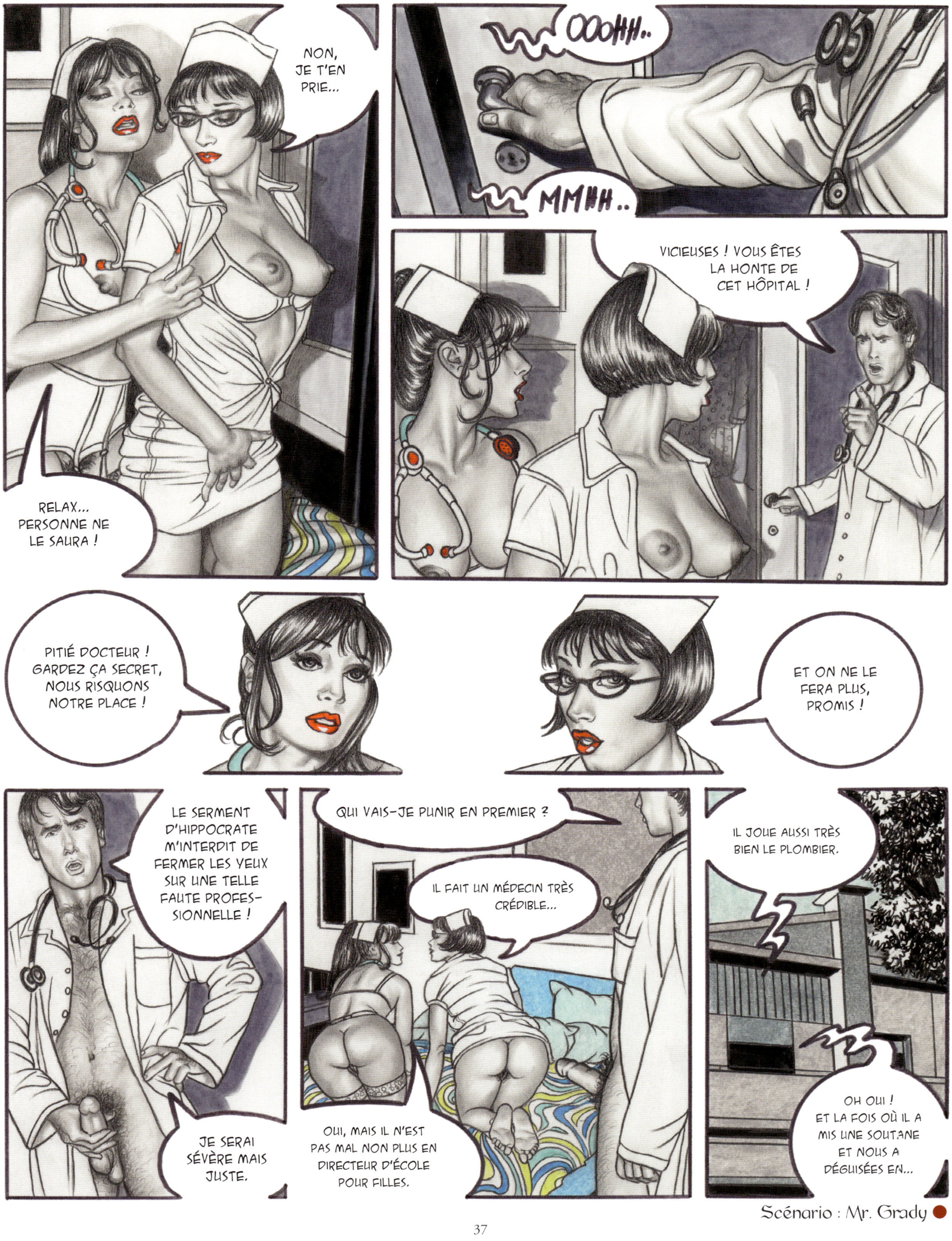


Scénario : Mr. Grady

Dix secondes
seulement

MMMH... DÉLECTABLE VISION QUI NE PEUT QU'EMBRASER MES SENS !
LE MATCH EST FINI, J'IMAGINE. TU VEUX QUOI ?
LA MÊME CHOSE QUE TOI, BÉBÉ !
THE MONK

J'EN DOUTE. COMME TU PEUX LE REMARQUER, JE LIS.
MATTHEW LEWIS
THE MONK
DONNE-MOI SEULEMENT DIX SECONDES ET JE PARIE QUE JE TE FAIS CHANGER D'AVIS...
PRÉTENTIEUX !
MAIS C'EST D'ACCORD, TU AS DIX SECONDES. VOYONS CE QUE TU SAIS FAIRE.
UN... DEUX...

TROOOIS...
QUAAAAATTTRE...
CIIIIINQ......
AAHH...
SIIIIIX... AAAHH...
SEEEEPT... OOOHHH...

HUIIIIIT...

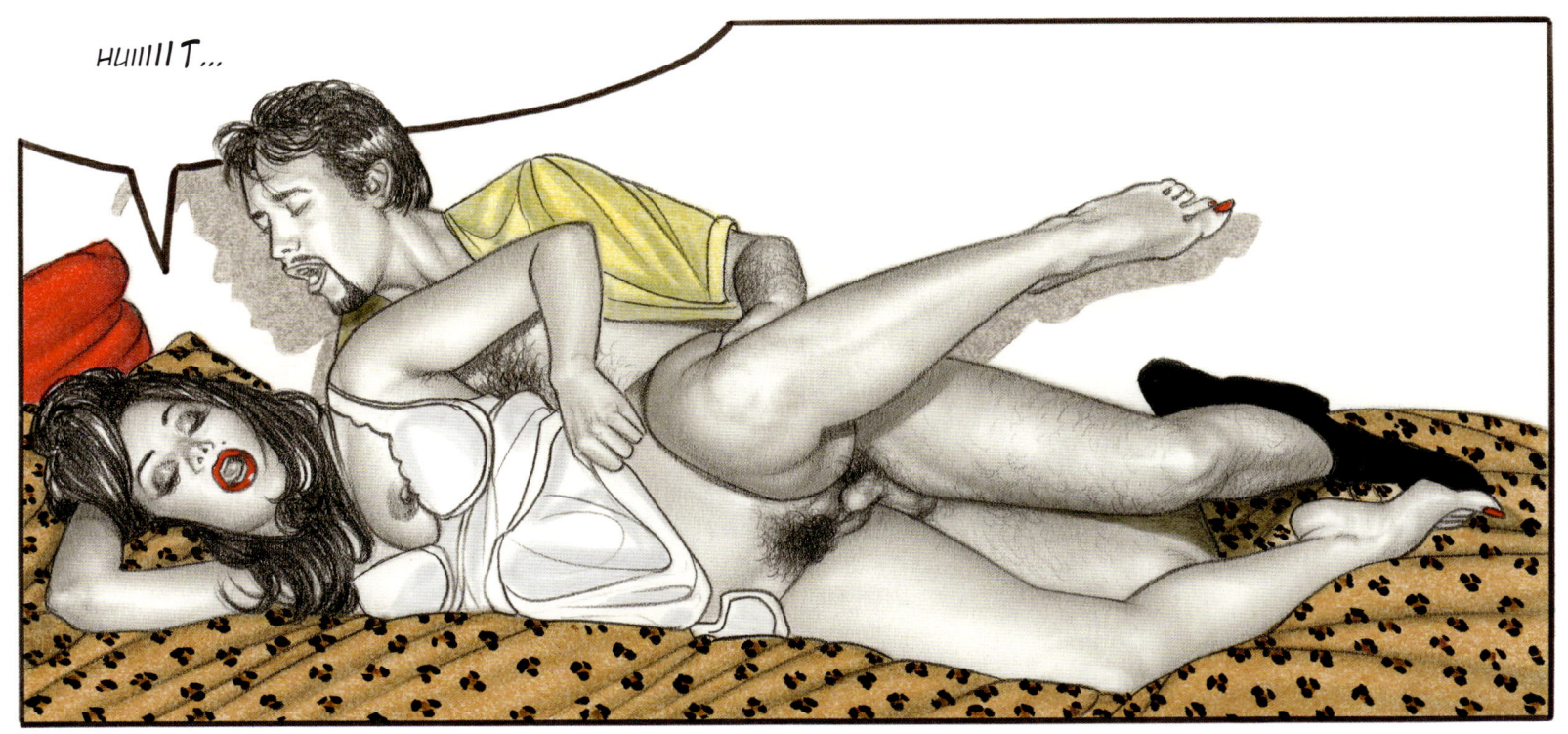

OH ! MON DIEU ! NEEEUF !

... NEUF ET DEMI...

AAHHH...

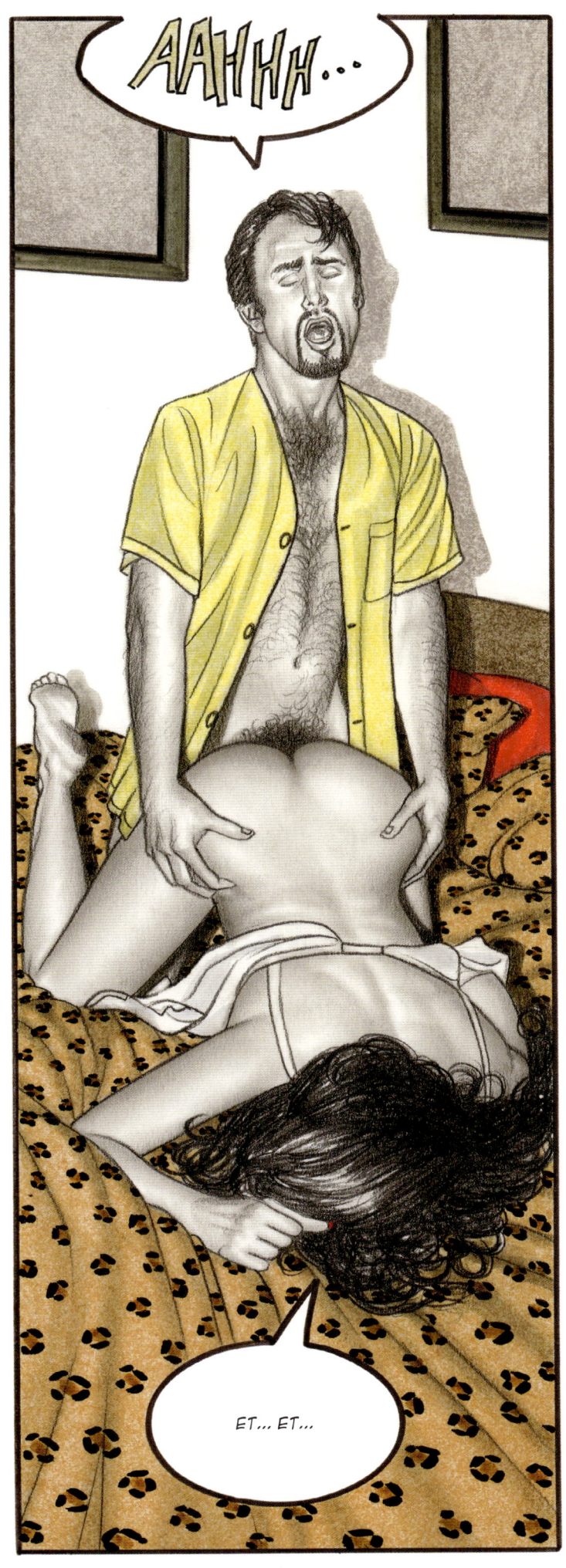

DIX !

ET... ET...

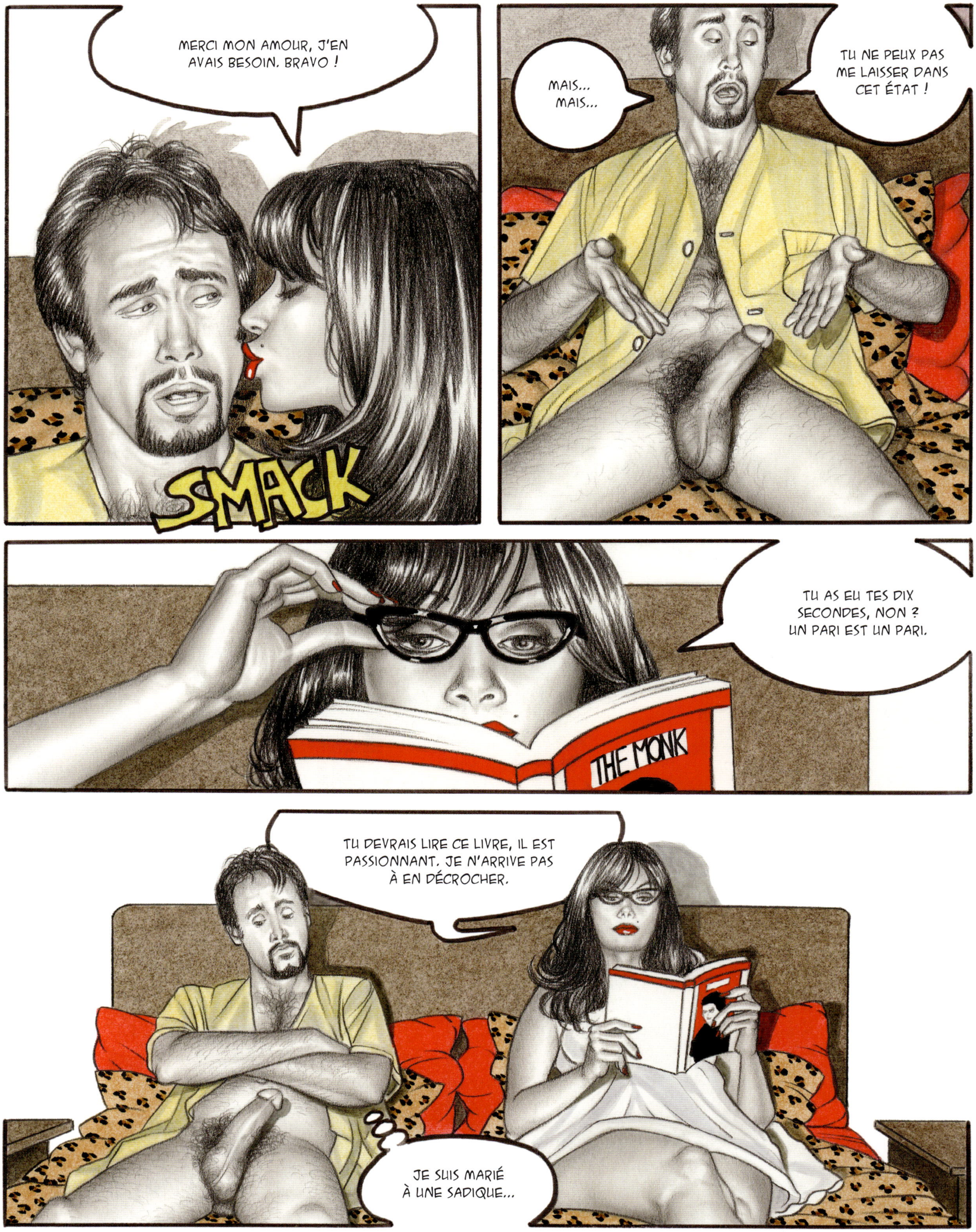


Scénario : Mr. Grady

## Retomber sur ses pieds

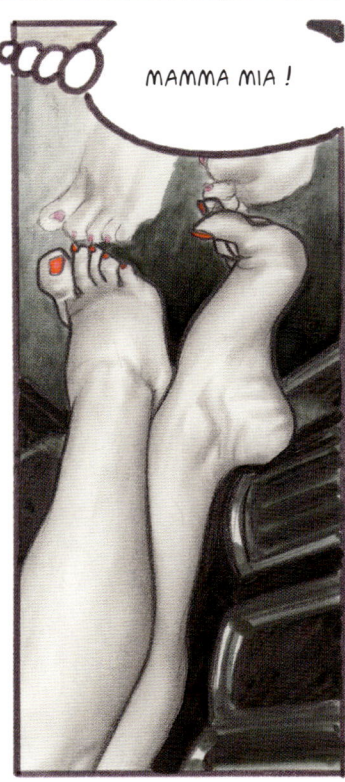

**VRROOOM!**

— Je peux vous déposer quelque part ?
— Sûr, beau gars ! Chez moi ! J'en ai plein les pattes !

**SKREEK!**

— Bon sang ! Des heures dans ces bottes, j'ai les pieds en compote ! Tu permets, je me mets à l'aise. Oouf !
— Je comprends.

— Ah ! Quel plaisir !

— Mamma mia !

— Hé ! Attention !
— Merrrde !

**SKKRRREEK!**

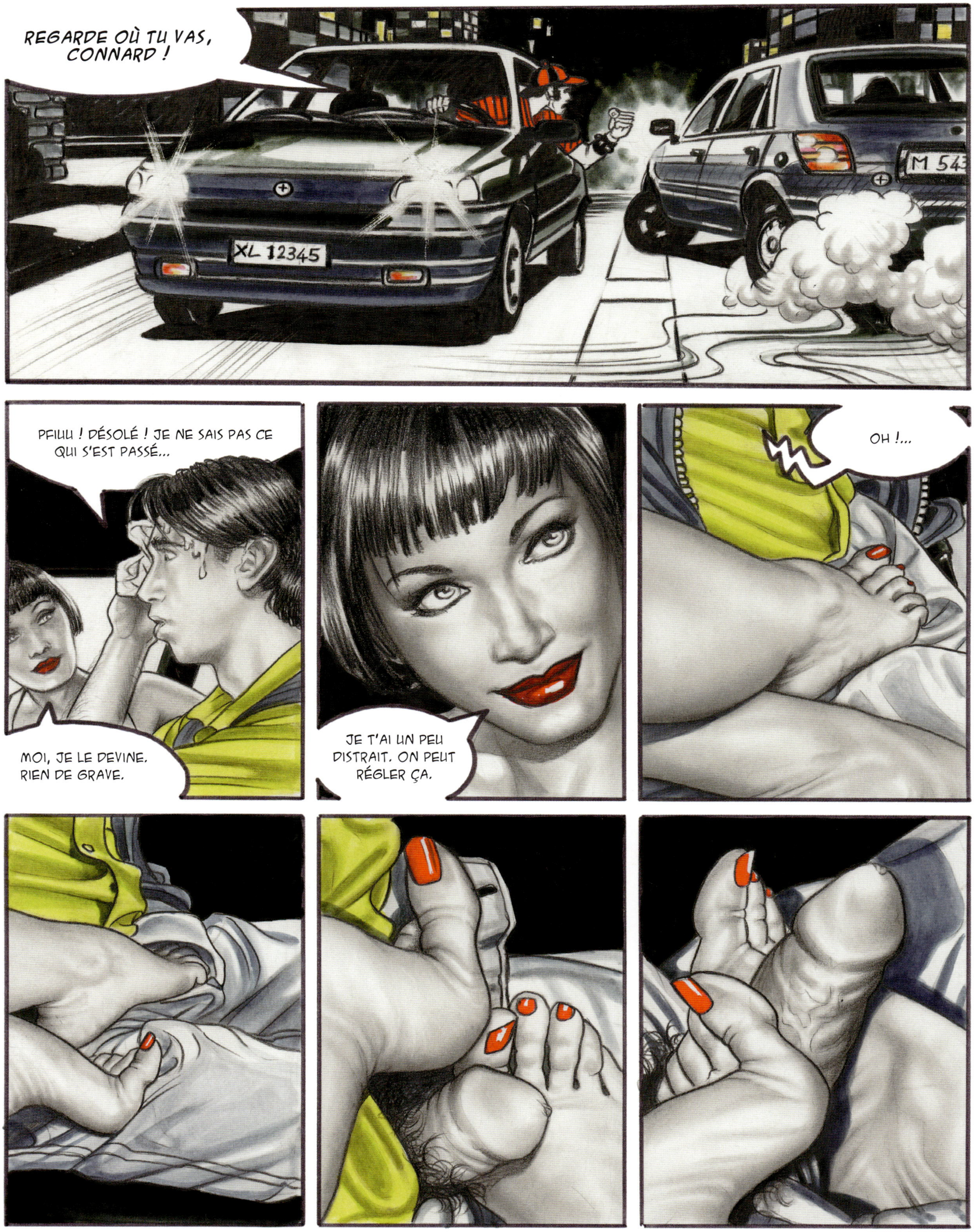
REGARDE OÙ TU VAS, CONNARD !
XL 12345
M 543
PFIUU ! DÉSOLÉ ! JE NE SAIS PAS CE QUI S'EST PASSÉ...
MOI, JE LE DEVINE. RIEN DE GRAVE.
JE T'AI UN PEU DISTRAIT. ON PEUT RÉGLER ÇA.
OH !...

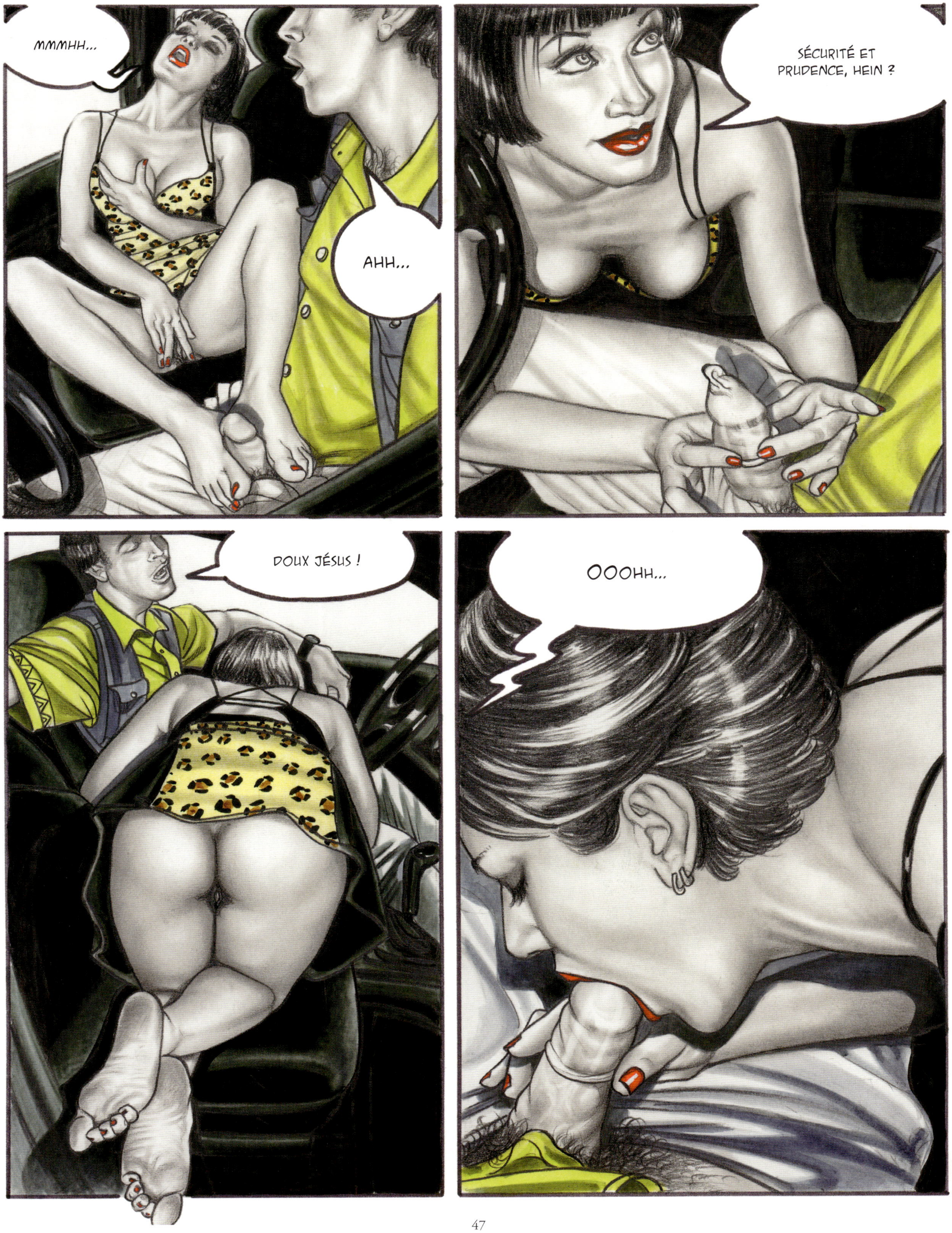
MMMHH...
AHH...
SÉCURITÉ ET PRUDENCE, HEIN ?
DOUX JÉSUS !
OOOHH...

Ouiiii !...

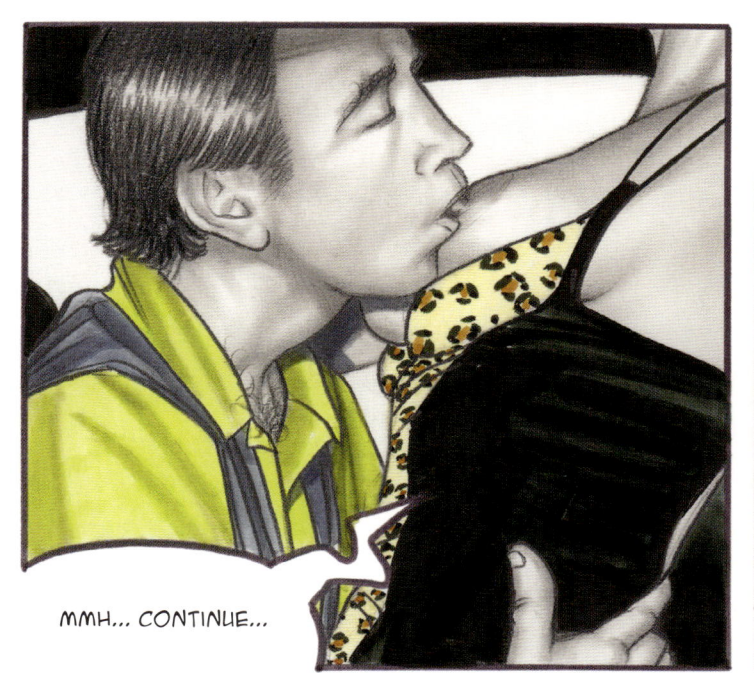

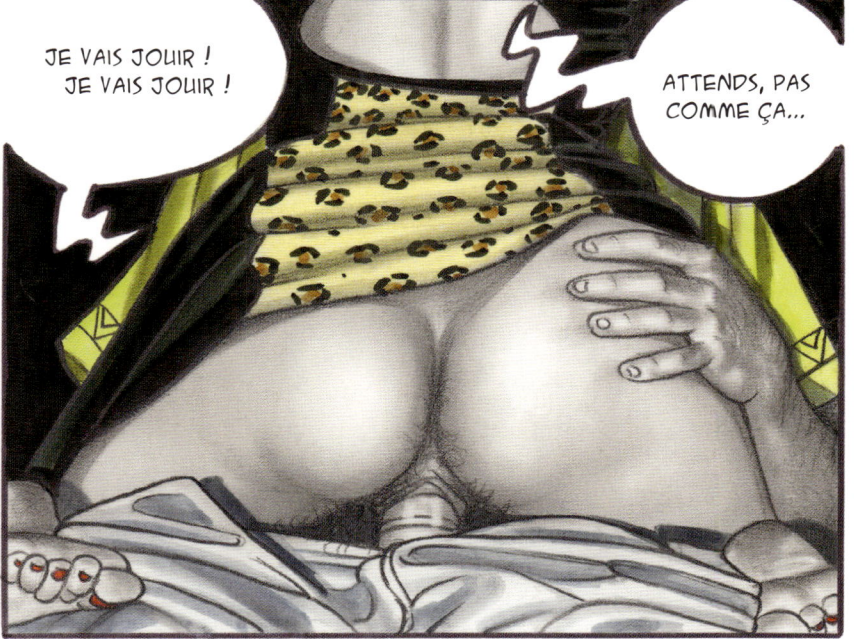

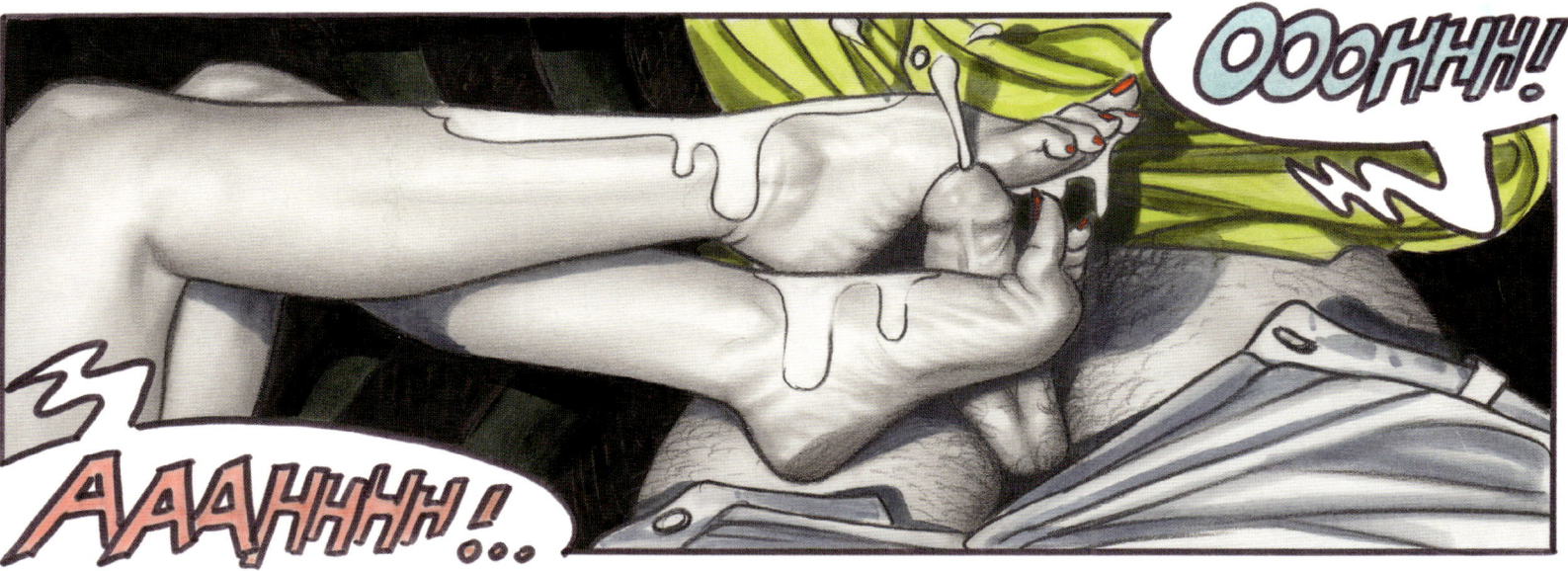

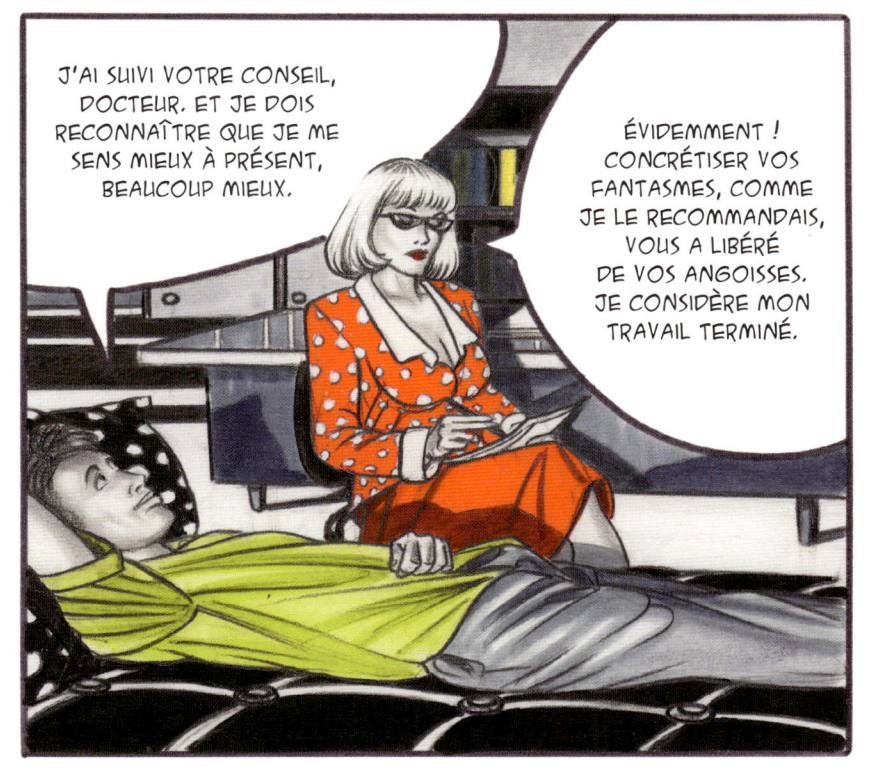

MMH... CONTINUE...

JE VAIS JOUIR ! JE VAIS JOUIR !

ATTENDS, PAS COMME ÇA...

OOOHHH!

AAAHHHH!...

J'AI SUIVI VOTRE CONSEIL, DOCTEUR. ET JE DOIS RECONNAÎTRE QUE JE ME SENS MIEUX À PRÉSENT, BEAUCOUP MIEUX.

ÉVIDEMMENT ! CONCRÉTISER VOS FANTASMES, COMME JE LE RECOMMANDAIS, VOUS A LIBÉRÉ DE VOS ANGOISSES. JE CONSIDÈRE MON TRAVAIL TERMINÉ.

VOUS VERREZ QUE, MÊME AVEC VOTRE FEMME, LES RELATIONS VONT S'AMÉLIORER. ET SI LE BESOIN DE ME CONSULTER DE NOUVEAU SE FAISAIT SENTIR, N'HÉSITEZ PAS, M. VALLI.

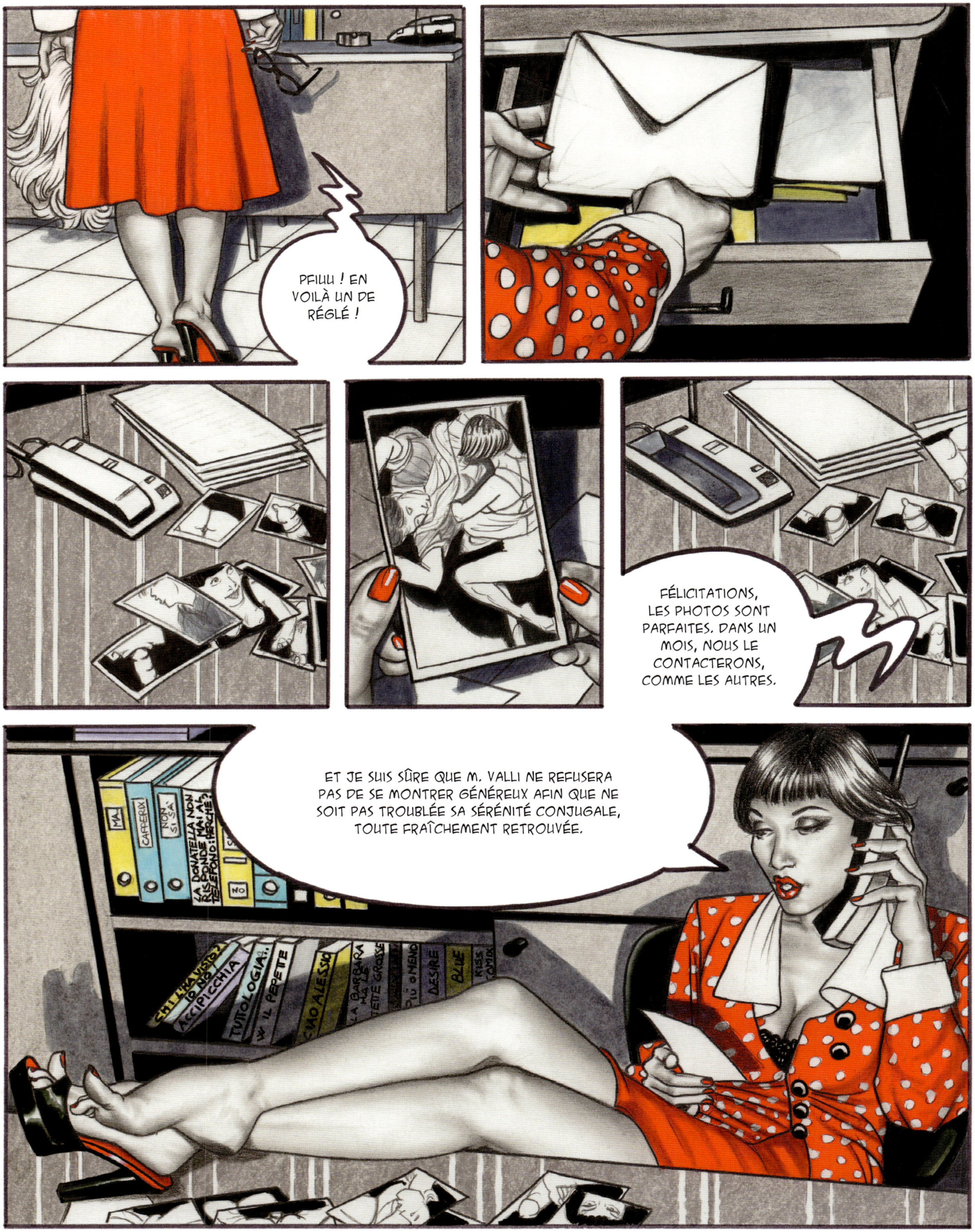


Scénario : Mr. Grady

# Rites nocturnes

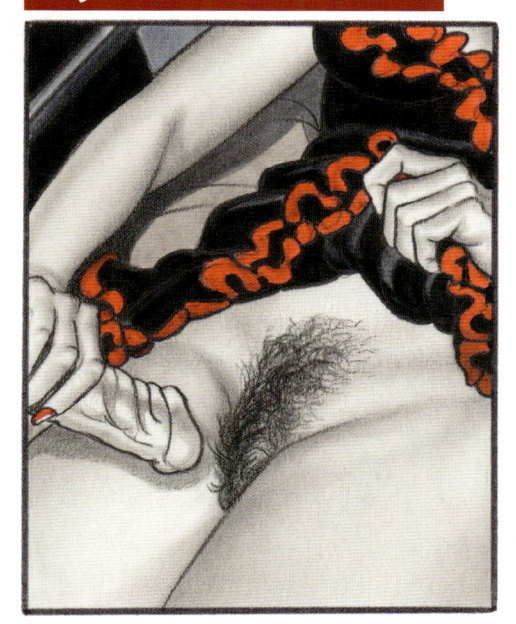

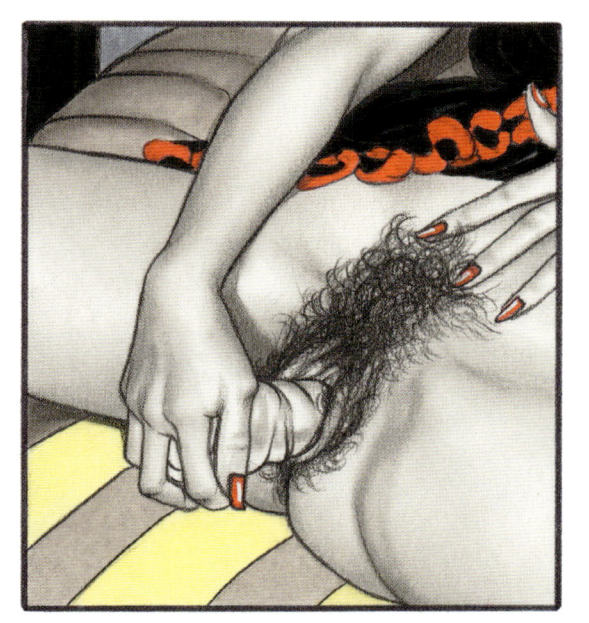

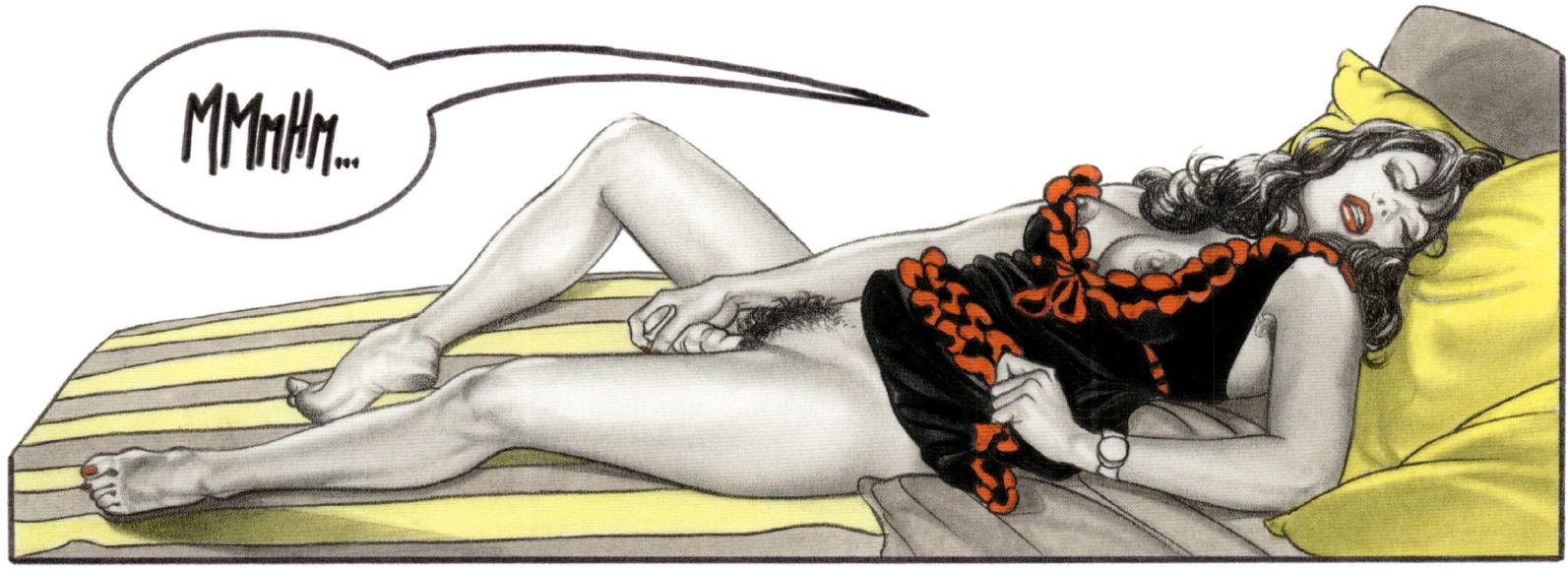

MMMHM...

OOOHH...

AAAHHH...

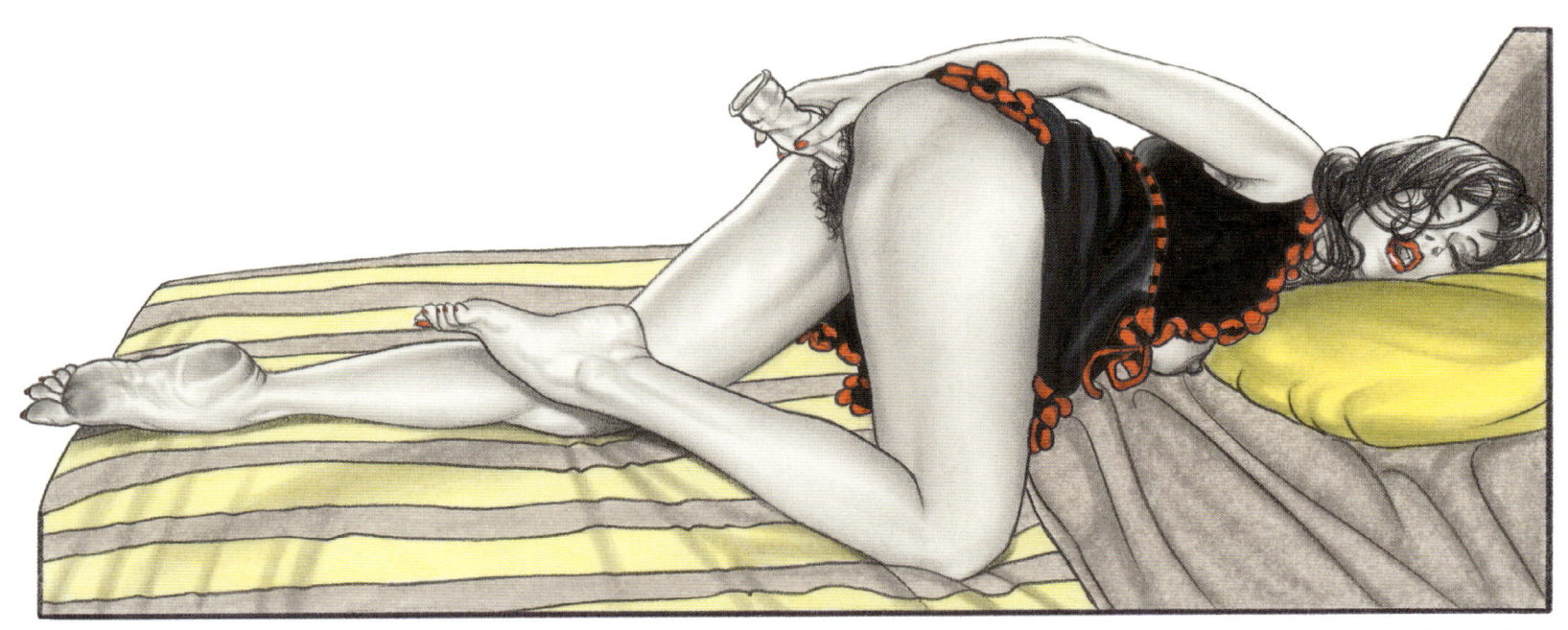

À MON AVIS, JE PERDS MON TEMPS. IL N'Y A RIEN ICI...

EH ! VOYEZ ÇA ! LA JOLIE MAÎTRESSE DE MAISON !...

CES BOURGEOIS, TOUS DES COCHONS !

JE JURERAIS AVOIR ENTENDU DU BRUIT...

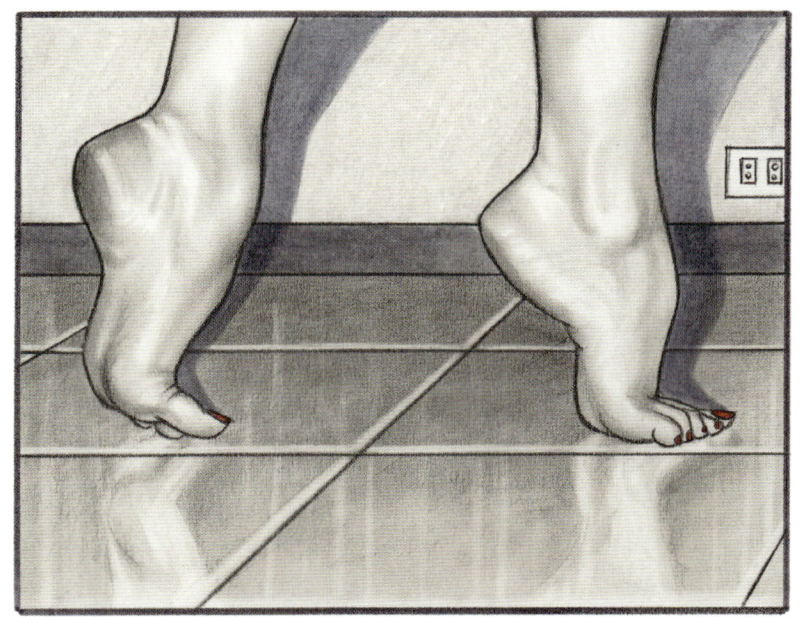

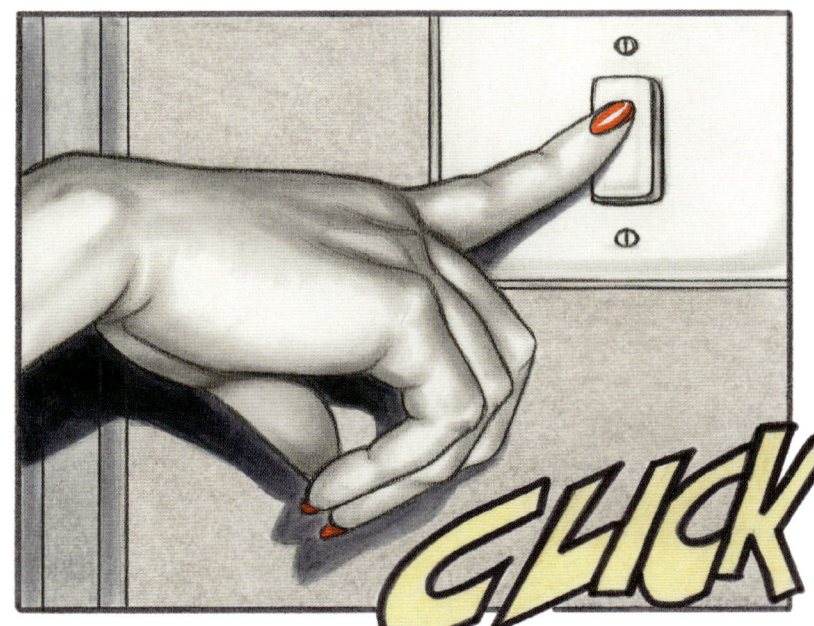

**CLICK**

— Mais... mais que...

— Silence, et tout se passera bien !

— Je vous en prie, ne me faites pas de mal ! Je ne vous résisterai pas !

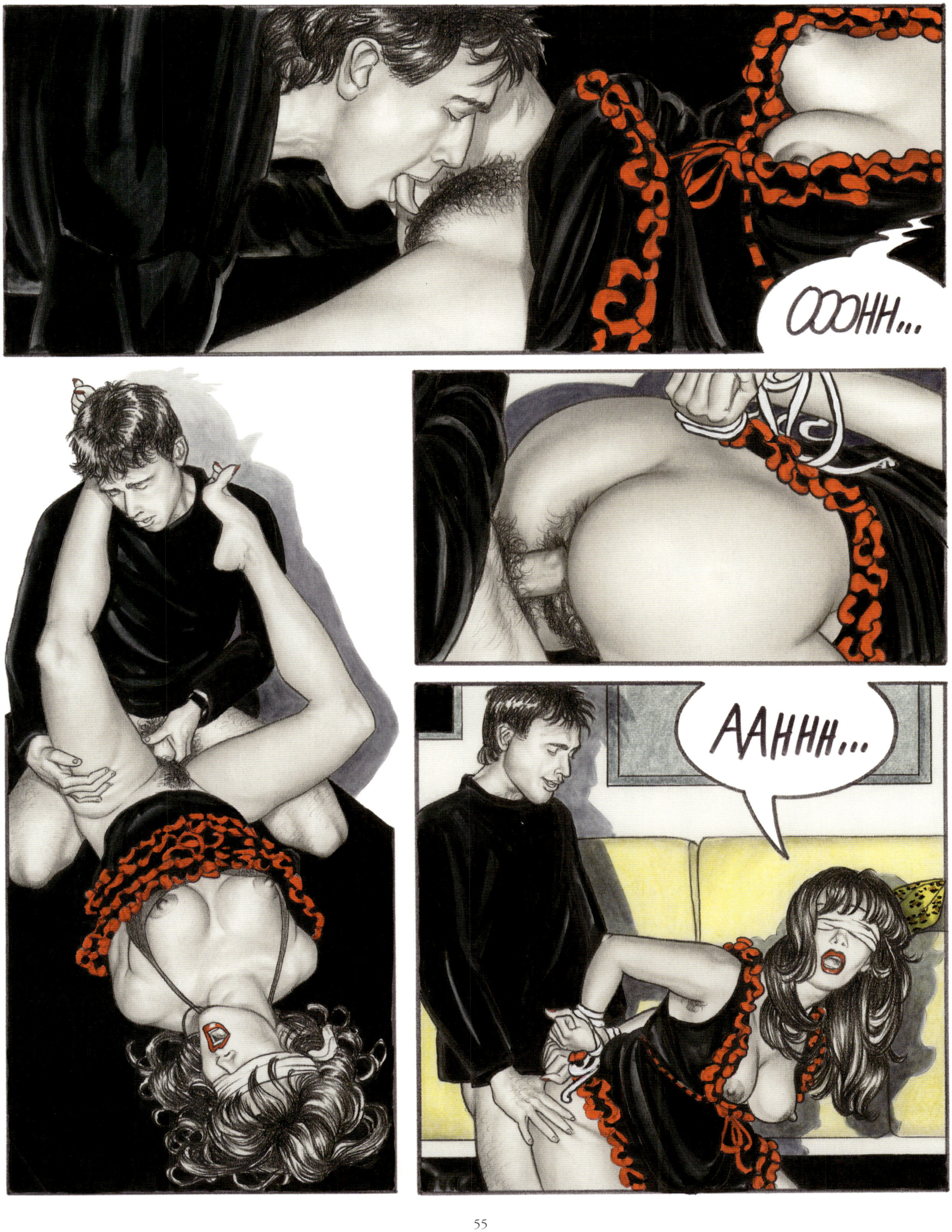
OOOHH...
AAHHH...

AAAHHH!

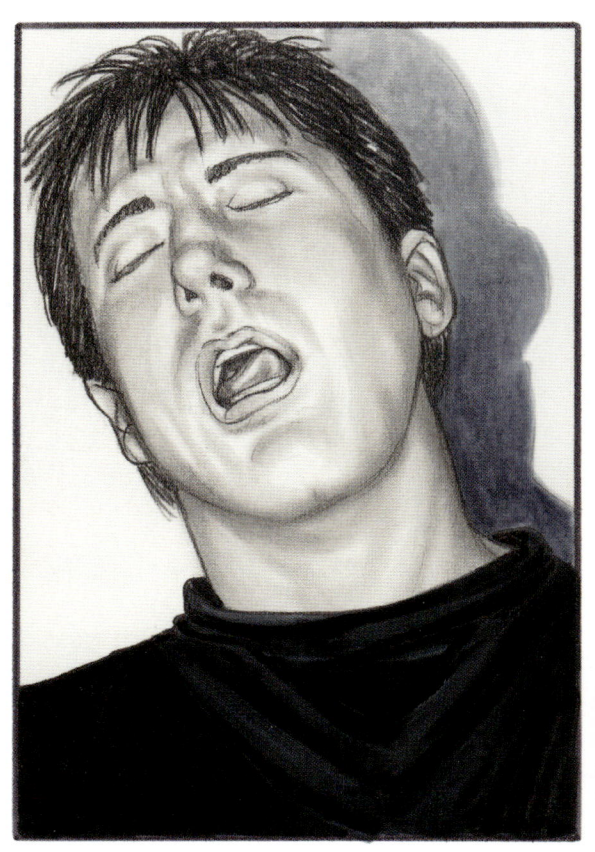

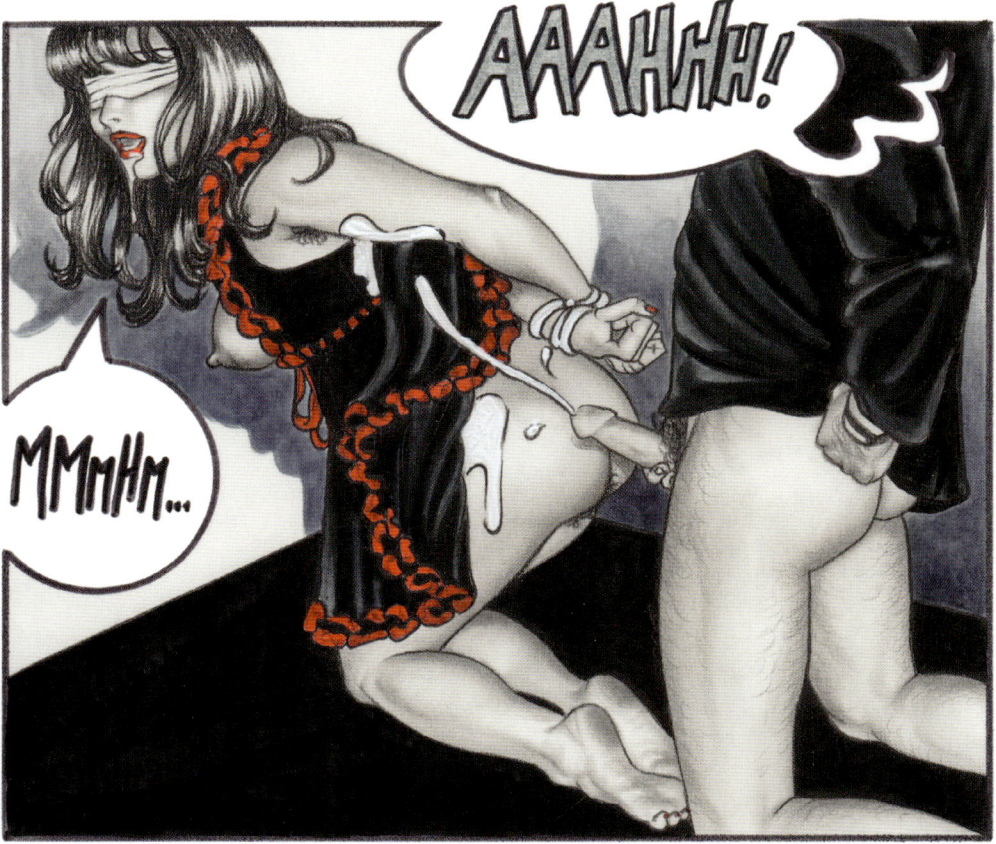

MMMHM...

ALORS, C'ÉTAIT COMMENT ?

MMHHH... TRÈS FORT !

MAIS LA PROCHAINE FOIS, C'EST MOI QUI JOUERAI LA CAMBRIOLEUSE, OK ?

TU AS TOUJOURS D'EXCELLENTES IDÉES, MON AMOUR !

Scénario : Mr. Grady

# Une plage tranquille

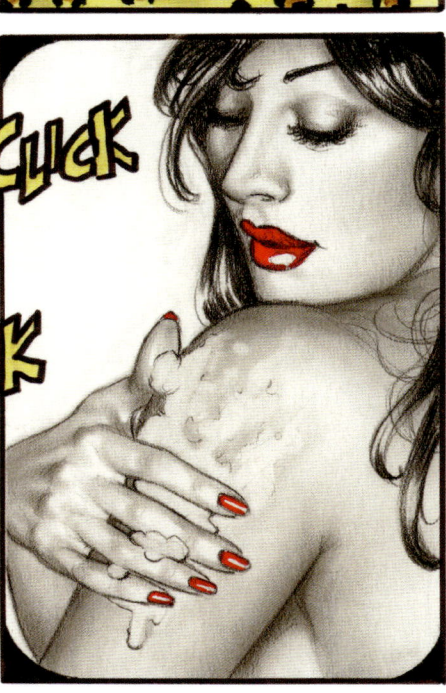

CLICK

CLICK

CLICK

CLICK

58

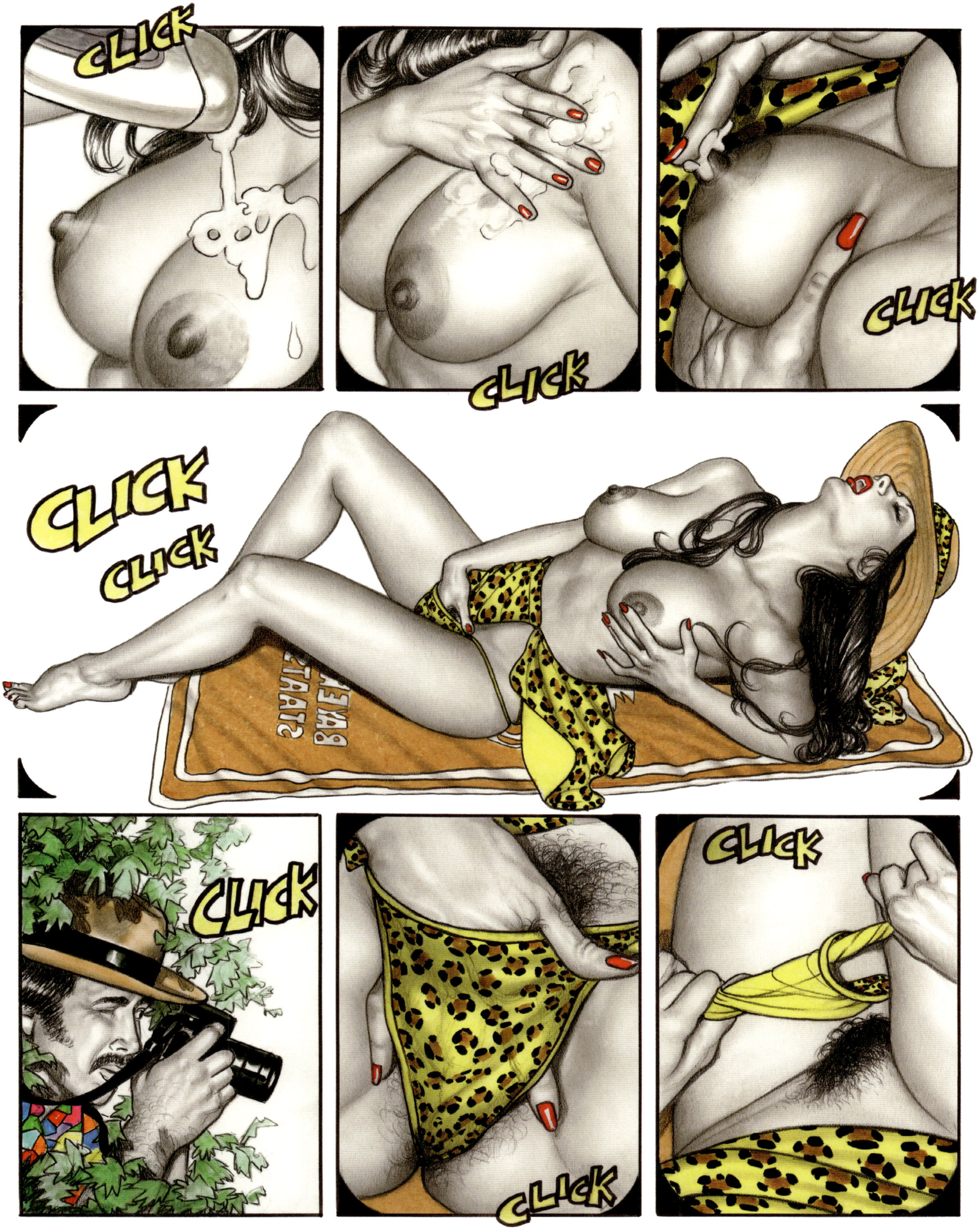
CLICK
CLICK
CLICK
CLICK
CLICK
CLICK
CLICK
CLICK

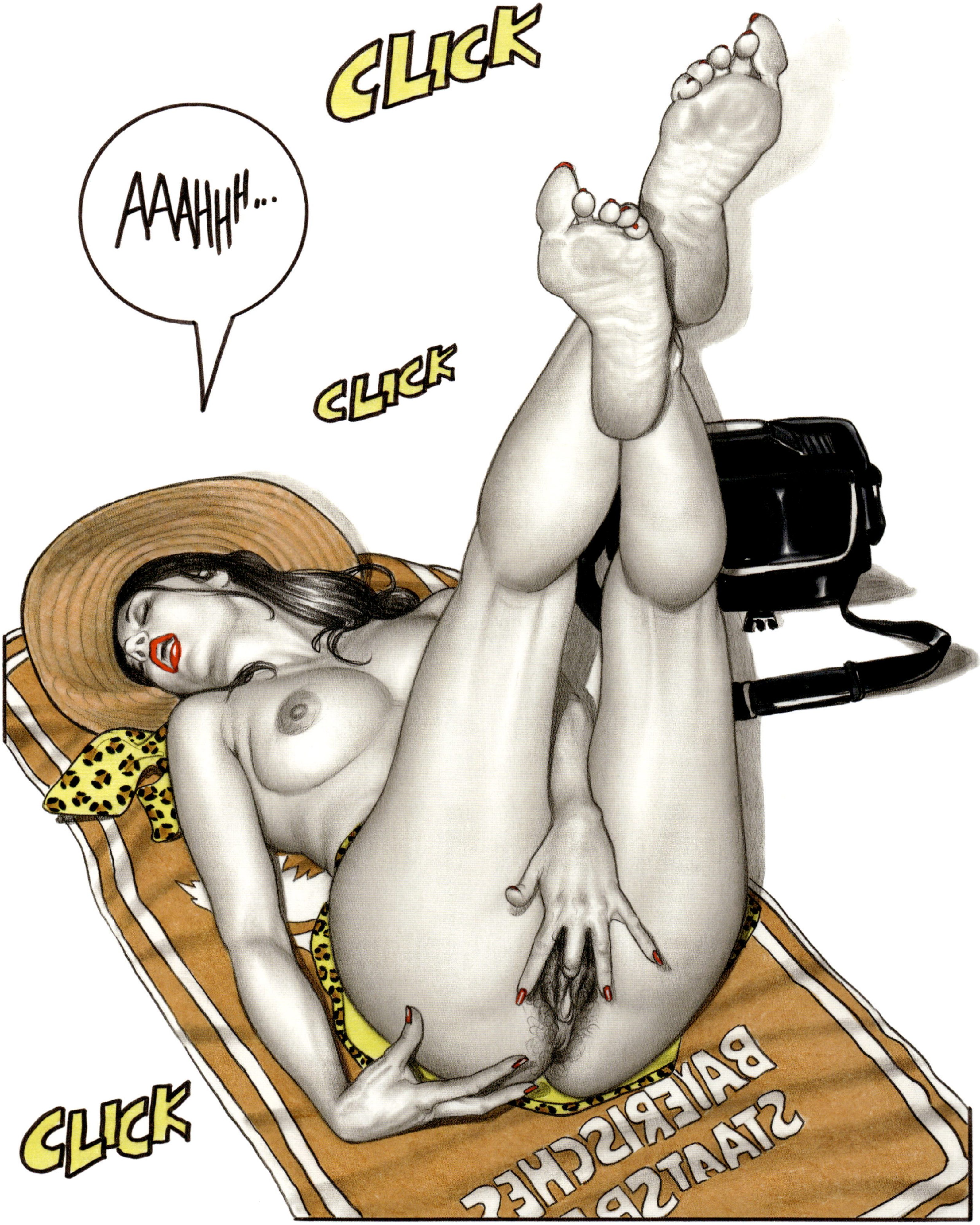
CLICK
AAAHHH...
CLICK
CLICK
BAYERISCHES

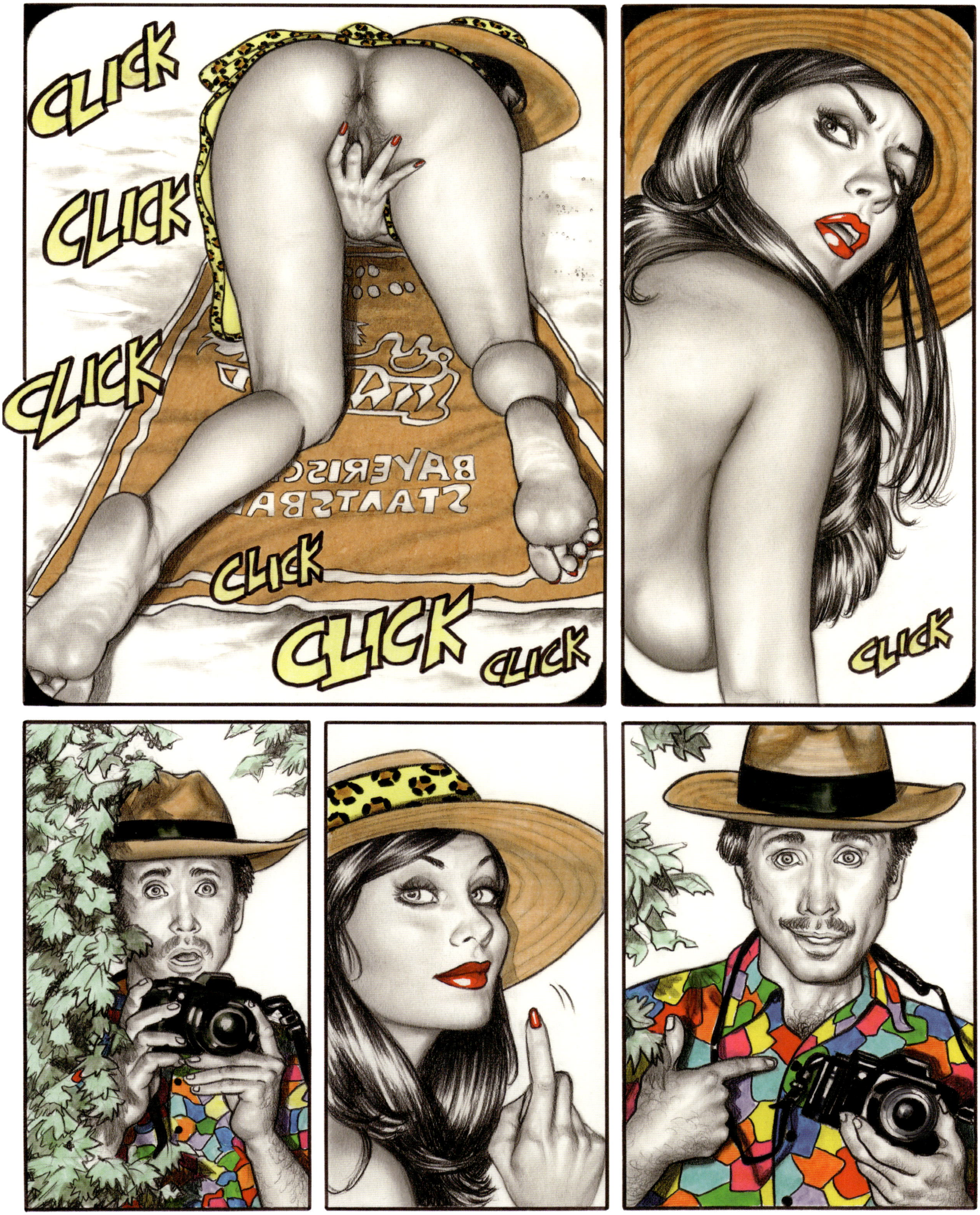
CLICK
CLICK
CLICK
CLICK
CLICK
CLICK
CLICK

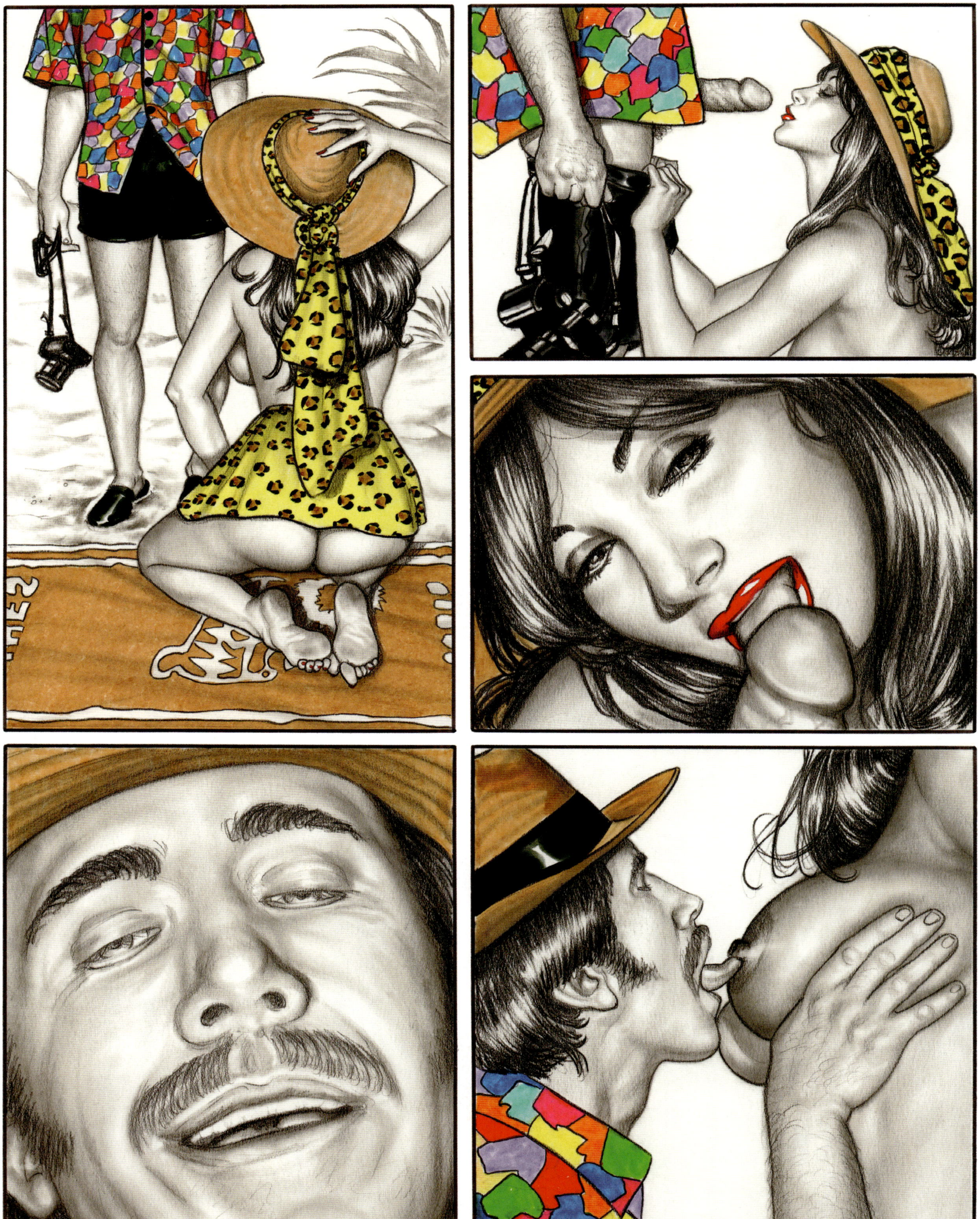

AAHHH...

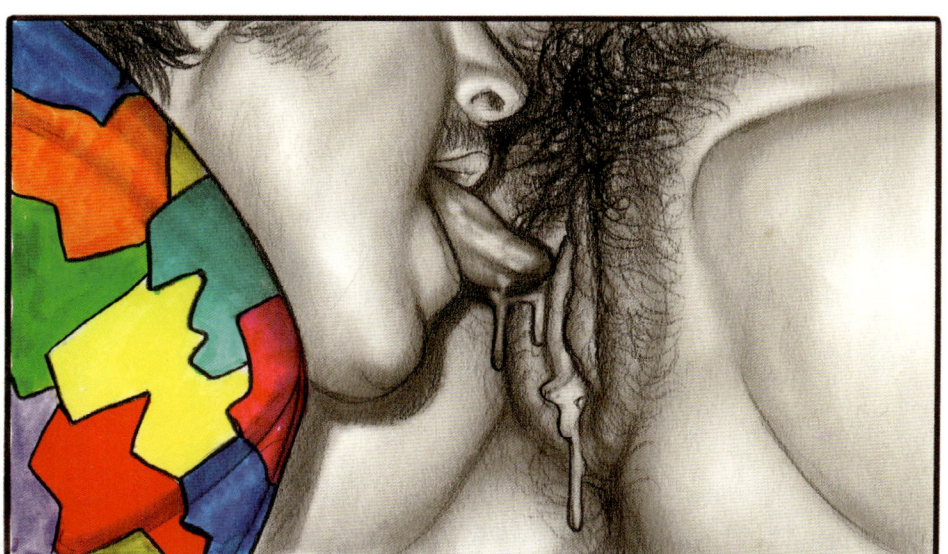

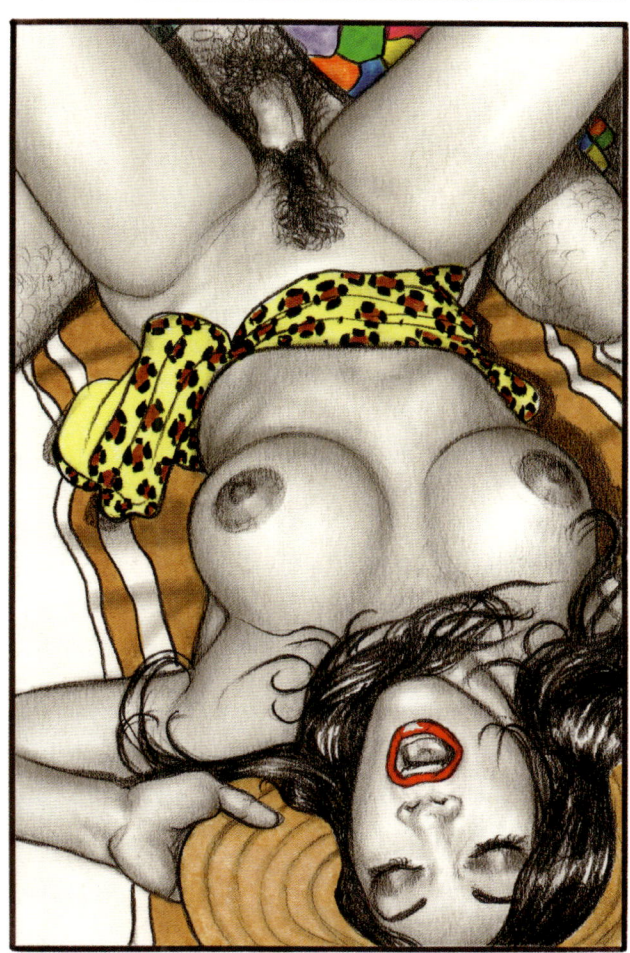

AAAHHHH!

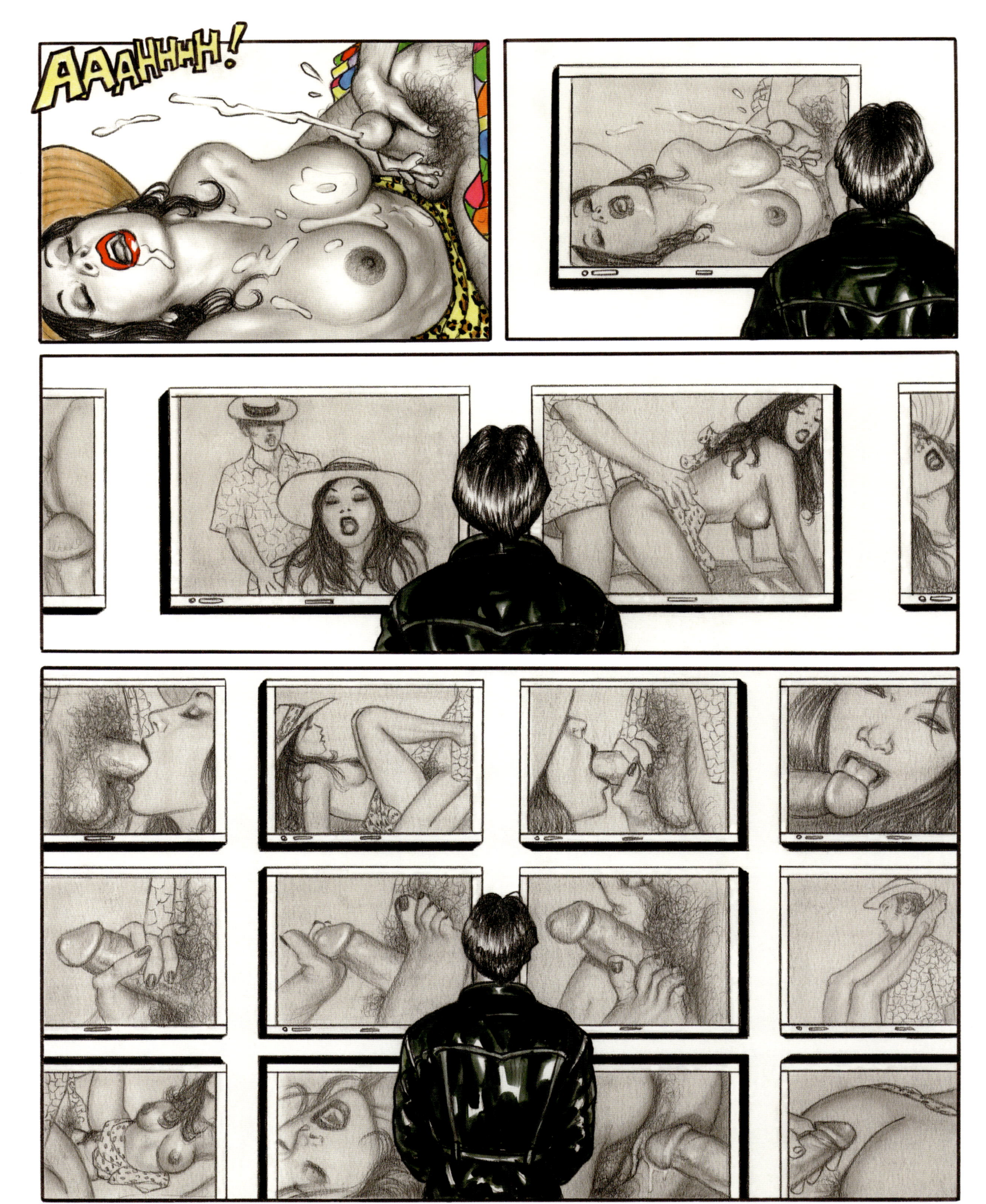

Scénario : Mr. Grady